Edgar Allan Poe

Petite discussion avec une momie

et autres histoires extraordinaires

Traduit de l'américain
par Charles Baudelaire

Gallimard

Ces nouvelles sont extraites
de *Nouvelles histoires extraordinaires* (Folio n° 801).

Fils d'un acteur, Edgar Poe naît à Boston en 1809. Très jeune, il perd son père, puis sa mère emportée par la tuberculose à vingt-quatre ans. Le jeune Edgar, alors âgé de trois ans, est recueilli par les Allan, une riche famille de négociants de tabac, mais aussi d'esclaves... Edgar, qui est un enfant instable au goût marqué pour la rêverie et la solitude, écrit des vers. À la suite d'une terrible dispute avec son père adoptif, il s'enfuit à Boston où le besoin d'argent le contraint à s'engager dans l'armée, il entre ensuite à l'école militaire de West Point, mais il en est renvoyé en 1831. Très affecté par la mort de Frances Allan, sa mère adoptive, il retourne à Baltimore vers sa véritable famille. Il s'installe quelques mois chez Maria Clemm, la sœur de sa mère. Ses premières œuvres sont publiées dans diverses revues et il travaille comme critique littéraire, puis rédacteur en chef du *Southern Literary Magazine* où il fait paraître des contes. En 1836, il épouse sa cousine Virginia Clemm qui n'a pas quatorze ans ! Dépressif et alcoolique, il mène avec sa jeune femme une vie misérable. En 1838, il publie un roman, *Les Aventures d'Arthur Gordon Pym* — ce sera son unique roman. Journaliste et conférencier, son talent commence a être reconnu. C'est à cette époque qu'il écrit quelques-unes de ses plus célèbres nouvelles *(Double assassinat dans la rue Morgue, La Chute de la maison Usher)*, qu'il rassemble sous le titre *Histoires extraordinaires*. En 1845, la parution de son poème *Le Corbeau* lui apporte enfin le succès. Mais la mort de Virginia, après une longue agonie, le précipite dans le désespoir ; il tente de se suicider, abuse du laudanum et de l'alcool. On le retrouve, inconscient, dans une rue de Baltimore. Il meurt quelques jours plus tard, le 7 octobre 1849, d'une crise de delirium tremens.

En France, le poète Charles Baudelaire commence à traduire, dès 1848, l'œuvre d'Edgar Poe et lui assure, par la beauté de sa traduction, la renommée. Plus tard, Stéphane Mallarmé traduira ses poèmes et les surréalistes le reconnaîtront comme l'un de leurs maîtres.

PETITE DISCUSSION
AVEC UNE MOMIE

Le *symposium* de la soirée précédente avait un peu fatigué mes nerfs. J'avais une déplorable migraine et je tombais de sommeil. Au lieu de passer la soirée dehors, comme j'en avais le dessein, il me vint donc à l'esprit que je n'avais rien de plus sage à faire que de souper d'une bouchée, et de me mettre immédiatement au lit.

Un *léger* souper, naturellement. J'adore les rôties au fromage. En manger plus d'une livre à la fois, cela peut n'être pas toujours raisonnable. Toutefois, il ne peut pas y avoir d'objection matérielle au chiffre deux. Et, en réalité, entre deux et trois il n'y a que la différence d'une simple unité. Je m'aventurai peut-être jusqu'à quatre. Ma femme tient pour cinq ; — mais évidemment elle a confondu deux choses bien distinctes. Le nombre abstrait cinq, je suis disposé à l'admettre ; mais, au point de vue concret, il se rapporte aux bouteilles de *Brown Stout,* sans l'assaisonnement duquel la rôtie au fromage est une chose à éviter.

Ayant ainsi achevé un frugal repas, et mis mon bonnet de nuit avec la sereine espérance d'en jouir jusqu'au lendemain midi au moins, je plaçai ma tête sur l'oreiller, et, grâce à une excellente conscience, je tombai immédiatement dans un profond sommeil.

Mais quand les espérances de l'homme furent-elles remplies ? Je n'avais peut-être pas achevé mon troisième ronflement, quand une furieuse sonnerie retentit à la porte de la rue, et puis d'impatients coups de marteau qui me réveillèrent en sursaut. Une minute après, et comme je me frottais encore les yeux, ma femme me fourra sous le nez un billet de mon vieil ami le docteur Ponnonner. Il me disait :

— *Venez me trouver et laissez tout, mon cher ami, aussitôt que vous aurez reçu ceci. Venez partager notre joie. À la fin, grâce à une opiniâtre diplomatie, j'ai arraché l'assentiment des directeurs du* City Museum *pour l'examen de ma momie, — vous savez de laquelle je veux parler. J'ai la permission de la démailloter, et même de l'ouvrir, si je le juge à propos. Quelques amis seulement seront présents ; — vous en êtes, cela va sans dire. La momie est présentement chez moi, et nous commencerons à la dérouler à onze heures de la nuit.*

Tout à vous,

PONNONNER.

Avant d'arriver à la signature, je m'aperçus que j'étais aussi éveillé qu'un homme peut désirer de l'être. Je sautai de mon lit dans un état de délire, bousculant tout ce qui me tombait sous la main ; je m'habillai avec une prestesse vraiment miraculeuse, et je me dirigeai de toute ma vitesse vers la maison du docteur.

Là je trouvai réunie une société très animée. On m'avait attendu avec beaucoup d'impatience ; la momie était étendue sur la table à manger, et, au moment où j'entrai, l'examen était commencé.

Cette momie était une des deux qui furent rapportées, il y a quelques années, par le capitaine Arthur Sabretash, un cousin de Ponnonner. Il les avait prises dans une tombe près d'Eleithias, dans les montagnes de la Libye, à une distance considérable au-dessus de Thèbes sur le Nil. Sur ce point, les caveaux, quoique moins magnifiques que les sépulcres de Thèbes, sont d'un plus haut intérêt, en ce qu'ils offrent de plus nombreuses *illustrations* de la vie privée des Égyptiens. La salle d'où avait été tiré notre échantillon passait pour très riche en documents de cette nature ; — les murs étaient complètement recouverts de peintures à fresque et de bas-reliefs ; des statues, des vases et une mosaïque d'un dessin très riche témoignaient de la puissante fortune des défunts.

Cette rareté avait été déposée au *Museum* exactement dans le même état où le capitaine Sabretash l'avait trouvée, c'est-à-dire qu'on avait laissé la bière intacte. Pendant huit ans, elle était restée ainsi exposée à la curiosité publique, quant à l'extérieur seulement. Nous avions donc la momie complète à notre disposition, et ceux qui savent combien il est rare de voir des antiquités arriver dans nos contrées sans être saccagées jugeront que nous avions de fortes raisons de nous féliciter de notre bonne fortune.

En approchant de la table, je vis une grande boîte, ou caisse, longue d'environ sept pieds, large de trois pieds peut-être, et d'une profondeur de deux pieds et demi. Elle était oblongue, — mais pas en forme de bière. Nous supposâmes d'abord que la matière était du bois de sycomore ; mais en l'entamant nous reconnûmes que c'était du carton, ou, plus proprement, une pâte dure faite de papyrus. Elle était grossièrement décorée de peintures représentant des scènes funèbres et divers sujets lugubres, parmi lesquels serpentait un semis de caractères hiéroglyphiques, disposés en tous sens, qui signifiaient évidemment le nom du défunt. Par bonheur, M. Gliddon était de la partie, et il nous traduisit sans peine les signes, qui étaient simplement phonétiques et composaient le mot *Allamistakeo.*

Nous eûmes quelque peine à ouvrir cette

boîte sans l'endommager ; mais, quand enfin nous y eûmes réussi, nous en trouvâmes une seconde, celle-ci en forme de bière, et d'une dimension beaucoup moins considérable que la caisse extérieure, mais lui ressemblant exactement sous tout autre rapport. L'intervalle entre les deux était comblé de résine, qui avait jusqu'à un certain point détérioré les couleurs de la boîte intérieure.

Après avoir ouvert celle-ci, — ce que nous fîmes très aisément, — nous arrivâmes à une troisième, également en forme de bière, et ne différant en rien de la seconde, si ce n'est par la matière, qui était du cèdre et exhalait l'odeur fortement aromatique qui caractérise ce bois. Entre la seconde et la troisième caisse il n'y avait pas d'intervalle, — celle-ci s'adaptant exactement à celle-là.

En défaisant la troisième caisse, nous découvrîmes enfin le corps, et nous l'enlevâmes. Nous nous attendions à le trouver enveloppé comme d'habitude de nombreux rubans, ou bandelettes de lin ; mais au lieu de cela nous trouvâmes une espèce de gaine, faite de papyrus, et revêtue d'une couche de plâtre grossièrement peinte et dorée. Les peintures représentaient des sujets ayant trait aux divers devoirs supposés de l'âme et à sa présentation à différentes divinités, puis de nombreuses figures humaines identiques, — sans doute des portraits des personnes embau-

mées. De la tête aux pieds s'étendait une ins-
cription columnaire, ou verticale, en *hiéroglyphes
phonétiques*, donnant de nouveau le nom et les
titres du défunt et les noms et les titres de ses
parents.

Autour du cou, que nous débarrassâmes du
fourreau, était un collier de grains de verre cy-
lindriques, de couleurs différentes, et disposés
de manière à figurer des images de divinités,
l'image du Scarabée, et d'autres, avec le globe
ailé. La taille, dans sa partie la plus mince, était
cerclée d'un collier ou ceinture semblable.

Ayant enlevé le papyrus, nous trouvâmes les
chairs parfaitement conservées, et sans aucune
odeur sensible. La couleur était rougeâtre ; la
peau, ferme, lisse et brillante. Les dents et les
cheveux paraissaient en bon état. Les yeux, à ce
qu'il semblait, avaient été enlevés, et on leur
avait substitué des yeux de verre, fort beaux et si-
mulant merveilleusement la vie, sauf leur fixité
un peu trop prononcée. Les doigts et les ongles
étaient brillamment dorés.

De la couleur rougeâtre de l'épiderme M. Gliddon inféra que l'embaumement avait été pra-
tiqué uniquement par l'asphalte ; mais, ayant
gratté la surface avec un instrument d'acier et
jeté dans le feu les grains de poudre ainsi obte-
nus, nous sentîmes se dégager un parfum de
camphre et d'autres gommes aromatiques.

Nous visitâmes soigneusement le corps pour

trouver les incisions habituelles par où on extrait les entrailles ; mais, à notre grande surprise, nous n'en pûmes découvrir la trace. Aucune personne de la société ne savait alors qu'il n'est pas rare de trouver des momies entières et non incisées. Ordinairement la cervelle se vidait par le nez ; les intestins, par une incision dans le flanc ; le corps était alors rasé, lavé et salé ; on le laissait ainsi reposer quelques semaines, puis commençait, à proprement parler, l'opération de l'embaumement.

Comme on ne pouvait trouver aucune trace d'ouverture, le docteur Ponnonner préparait ses instruments de dissection, quand je fis remarquer qu'il était déjà deux heures passées. Là-dessus, on s'accorda à renvoyer l'examen interne à la nuit suivante ; et nous étions au moment de nous séparer, quand quelqu'un lança l'idée d'une ou deux expériences avec la pile de Volta.

L'application de l'électricité à une momie vieille au moins de trois ou quatre mille ans était une idée, sinon très sensée, du moins suffisamment originale, et nous la saisîmes au vol. Pour ce beau projet, dans lequel il entrait un dixième de sérieux et neuf bons dixièmes de plaisanterie, nous disposâmes une batterie dans le cabinet du docteur, et nous y transportâmes l'Égyptien.

Ce ne fut pas sans beaucoup de peine que

nous réussîmes à mettre à nu une partie du muscle temporal, qui semblait être d'une rigidité moins marmoréenne que le reste du corps, mais qui naturellement, comme nous nous y attendions bien, ne donna aucun indice de susceptibilité galvanique quand on le mit en contact avec le fil. Ce premier essai nous parut décisif ; et, tout en riant de bon cœur de notre propre absurdité, nous nous souhaitions réciproquement une bonne nuit, quand mes yeux, tombant par hasard sur ceux de la momie, y restèrent immédiatement cloués d'étonnement. De fait, le premier coup d'œil m'avait suffi pour m'assurer que les globes, que nous avions tous supposé être de verre, et qui primitivement se distinguaient par une certaine fixité singulière, étaient maintenant si bien recouverts par les paupières qu'une petite portion de la *tunica albuginea* restait seule visible.

Je poussai un cri, et j'attirai l'attention sur ce fait, qui devint immédiatement évident pour tout le monde.

Je ne dirai pas que j'étais *alarmé* par le phénomène, parce que le mot alarmé, dans mon cas, ne serait pas précisément le mot propre. Il aurait pu se faire toutefois que, sans ma provision de *Brown Stout*, je me sentisse légèrement ému. Quant aux autres personnes de la société, elles ne firent vraiment aucun effort pour cacher leur naïve terreur. Le docteur Ponnonner était un homme à faire pitié. M. Gliddon, par je ne sais quel procédé particulier, s'était rendu invisible. Je présume que M. Silk Buckingham n'aura pas l'audace de nier qu'il ne se soit fourré à quatre pattes sous la table.

Après le premier choc de l'étonnement, nous résolûmes, cela va sans dire, de tenter tout de suite une nouvelle expérience. Nos opérations furent alors dirigées contre le gros orteil du pied droit. Nous fîmes une incision au-dessus de la région de l'*os sesamoideum pollicis pedis*, et nous arrivâmes ainsi à la naissance du muscle *abductor*. Rajustant la batterie, nous appliquâmes de nouveau le fluide aux nerfs mis à nu, — quand, avec un mouvement plus vif que la vie elle-même, la momie retira son genou droit comme pour le rapprocher le plus possible de l'abdomen, puis, redressant le membre avec une force inconcevable, allongea au docteur Ponnonner une ruade, qui eut pour effet de décocher ce gentleman, comme le projectile d'une catapulte, et de l'envoyer dans la rue à travers une fenêtre.

Nous nous précipitâmes en masse pour rapporter les débris mutilés de l'infortuné ; mais nous eûmes le bonheur de le rencontrer sur l'escalier, remontant avec une inconcevable diligence, bouillant de la plus grande ardeur philosophique, et plus que jamais frappé de la nécessité de poursuivre nos expériences, avec rigueur et avec zèle.

Ce fut donc d'après son conseil que nous fîmes sur-le-champ une incision profonde dans le bout du nez du sujet ; et le docteur, y jetant des mains impétueuses, le fourra violemment en contact avec le fil métallique.

Moralement et physiquement, — métaphoriquement et littéralement, — l'effet fut *électrique.* D'abord le cadavre ouvrit les yeux et les cligna très rapidement pendant quelques minutes, comme M. Barnes dans la pantomime ; puis il éternua ; en troisième lieu, il se dressa sur son séant ; en quatrième lieu, il mit son poing sous le nez du docteur Ponnonner ; enfin, se tournant vers MM. Gliddon et Buckingham, il leur adressa, dans l'égyptien le plus pur, le discours suivant :

— Je dois vous dire, gentlemen, que je suis aussi surpris que mortifié de votre conduite. Du docteur Ponnonner je n'avais rien de mieux à attendre ; c'est un pauvre petit gros sot qui ne sait rien de rien. J'ai pitié de lui et je lui pardonne. Mais vous, monsieur Gliddon, — et vous, Silk, qui avez voyagé et résidé en Égypte, à ce point qu'on pourrait croire que vous êtes né sur nos terres, — vous, dis-je, qui avez tant vécu parmi nous que vous parlez l'égyptien aussi bien, je crois, que vous écrivez votre langue maternelle, — vous que je m'étais accoutumé à regarder comme le plus ferme ami des momies, — j'attendais de vous une conduite plus courtoise. Que dois-je penser de votre impassible neutralité quand je suis traité aussi brutalement ? Que dois-je supposer, quand vous permettez à Pierre et à Paul de me dépouiller de mes bières et de mes vêtements sous cet affreux climat de glace ? À quel point de vue, pour en finir, dois-je considérer votre fait d'aider et d'encourager ce misérable petit drôle, ce docteur Ponnonner, à me tirer par le nez ?

On croira généralement, sans aucun doute, qu'en entendant un pareil discours, dans de telles circonstances, nous avons tous filé vers la porte, ou que nous sommes tombés dans de violentes attaques de nerfs, ou dans un évanouissement unanime. L'une de ces trois choses, dis-je, était probable. En vérité, chacune de ces trois lignes de conduite et toutes les trois étaient des plus légitimes. Et, sur ma parole, je ne puis comprendre comment il se fit que nous n'en suivîmes aucune. Mais, peut-être, la vraie raison doit-elle être cherchée dans l'esprit de ce siècle, qui procède entièrement par la loi des contraires, considérée aujourd'hui comme solution de toutes les antinomies et fusion de toutes les contradictions. Ou peut-être, après tout, était-ce seulement l'air excessivement naturel et familier de la momie qui enlevait à ses paroles toute puissance terrifique. Quoi qu'il en soit, les faits sont positifs, et pas un membre de la société ne trahit d'effroi bien caractérisé et ne parut croire qu'il se fût passé quelque chose de particulièrement irrégulier.

Pour ma part, j'étais convaincu que tout cela était fort naturel, et je me rangeai simplement de côté, hors de la portée du poing de l'Égyptien. Le docteur Ponnonner fourra ses mains dans les poches de sa culotte, regarda la momie d'un air bourru, et devint excessivement rouge. M. Gliddon caressait ses favoris et redressait le col de sa chemise. M. Buckingham baissa la tête et mit son pouce droit dans le coin gauche de sa bouche.

L'Égyptien le regarda avec une physionomie sévère pendant quelques minutes, et à la longue lui dit avec un ricanement :

— Pourquoi ne parlez-vous pas, monsieur Buckingham ? Avez-vous entendu, oui ou non, ce que je vous ai demandé ? Voulez-vous bien ôter votre pouce de votre bouche !

Là-dessus, M. Buckingham fit un léger soubresaut, ôta son pouce droit du coin gauche de sa bouche, et en manière de compensation inséra son pouce gauche dans le coin droit de l'ouverture susdite.

Ne pouvant pas tirer une réponse de M. Buckingham, la momie se tourna avec humeur vers M. Gliddon, et lui demanda d'un ton péremptoire d'expliquer en gros ce que nous voulions tous.

M. Gliddon répliqua tout au long, en *phonéti-que*; et, n'était l'absence de caractères *hiérogly-phiques* dans les imprimeries américaines, c'eût été pour moi un grand plaisir de transcrire in-tégralement et en langue originale son excel-lent speech.

Je saisirai cette occasion pour faire remar-quer que toute la conversation subséquente à laquelle prit part la momie eut lieu en égyptien primitif, — MM. Gliddon et Buckingham ser-vant d'interprètes pour moi et les autres per-sonnes de la société qui n'avaient pas voyagé. Ces messieurs parlaient la langue maternelle de la momie avec une grâce et une abondance ini-mitables ; mais je ne pouvais pas m'empêcher de remarquer que les deux voyageurs, — sans doute à cause de l'introduction d'images entiè-rement modernes et, naturellement, tout à fait nouvelles pour l'étranger, — étaient quelque-fois réduits à employer des formes sensibles pour traduire à cet esprit d'un autre âge un sens particulier. Il y eut un moment, par exem-ple, où M. Gliddon, ne pouvant pas faire com-prendre à l'Égyptien le mot : *la Politique*, s'avisa heureusement de dessiner sur le mur, avec un morceau de charbon, un petit monsieur au nez bourgeonné, aux coudes troués, grimpé sur un piédestal, la jambe gauche tendue en arrière, le bras droit projeté en avant, le poing fermé, les yeux convulsés vers le ciel, et la bouche ouverte sous un angle de 90 degrés.

De même, M. Buckingham n'aurait jamais réussi à lui traduire l'idée absolument moderne de *Whig* (perruque), si, à une suggestion du docteur Ponnonner, il n'était devenu très pâle et n'avait consenti à ôter la sienne.

Il était tout naturel que le discours de M. Gliddon roulât principalement sur les immenses bénéfices que la science pouvait tirer du démaillotement et du déboyautement des momies ; moyen subtil de nous justifier de tous les dérangements que nous avions pu lui causer, à elle en particulier, momie nommée Allamistakeo ; il conclut en insinuant, — car ce ne fut qu'une insinuation, — que, puisque toutes ces petites questions étaient maintenant éclaircies, on pouvait aussi bien procéder à l'examen projeté. Ici le docteur Ponnonner apprêta ses instruments.

Relativement aux dernières suggestions de l'orateur, il paraît qu'Allamistakeo avait certains scrupules de conscience, sur la nature desquels je n'ai pas été clairement renseigné ; mais il se montra satisfait de notre justification et, descendant de la table, donna à toute la compagnie des poignées de main à la ronde.

Quand cette cérémonie fut terminée, nous nous occupâmes immédiatement de réparer les dommages que le scalpel avait fait éprouver au sujet. Nous recousîmes la blessure de sa tempe, nous bandâmes son pied, et nous lui appliquâ-

mes un pouce carré de taffetas noir sur le bout
du nez.

On remarqua alors que le comte — tel était, à
ce qu'il paraît, le titre d'Allamistakeo, — éprou-
vait quelques légers frissons, — à cause du climat,
sans aucun doute. Le docteur alla immédiatement à sa garde-robe, et revint bientôt avec un
habit noir, de la meilleure coupe de Jennings,
un pantalon de tartan bleu de ciel à sous-pieds,
une chemise rose de guingamp, un gilet de bro-
cart à revers, un paletot-sac blanc, une canne à
bec de corbin, un chapeau sans bords, des bot-
tes en cuir breveté, des gants de chevreau couleur paille, un lorgnon, une paire de favoris et
une cravate cascade. La différence de taille
entre le comte et le docteur, — la proportion
étant comme deux à un, — fut cause que nous
eûmes quelque peu de mal à ajuster ces habille-
ments à la personne de l'Égyptien ; mais, quand
tout fut arrangé, au moins pouvait-il dire qu'il
était bien mis. M. Gliddon lui donna donc le
bras et le conduisit vers un bon fauteuil, en face
du feu ; pendant ce temps-là, le docteur sonnait
et demandait le vin et les cigares.

La conversation s'anima bientôt. On exprima,
cela va sans dire, une grande curiosité relativement au fait quelque peu singulier d'Allamistakeo resté vivant.

— J'aurais pensé, — dit M. Buckingham, —
qu'il y avait déjà beau temps que vous étiez mort.

— Comment ! — répliqua le comte très étonné, — je n'ai guère plus de sept cents ans ! Mon père en a vécu mille, et il ne radotait pas le moins du monde quand il est mort.

Il s'ensuivit une série étourdissante de questions et de calculs par lesquels on découvrit que l'antiquité de la momie avait été très grossièrement estimée. Il y avait cinq mille cinquante ans et quelques mois qu'elle avait été déposée dans les catacombes d'Eleithias.

— Mais ma remarque, — reprit M. Buckingham, — n'avait pas trait à votre âge à l'époque de votre ensevelissement (je ne demande pas mieux que d'accorder que vous êtes encore un jeune homme), et j'entendais parler de l'immensité de temps pendant lequel, d'après votre propre explication, vous êtes resté confit dans l'asphalte.

— Dans quoi ? — dit le comte.

— Dans l'asphalte, — persista M. Buckingham.

— Ah ! oui ; j'ai comme une idée vague de ce que vous voulez dire ; — en effet cela pourrait réussir, — mais de mon temps nous n'employions guère autre chose que le bichlorure de mercure.

— Mais ce qu'il nous est particulièrement impossible de comprendre, — dit le docteur Ponnonner, — c'est comment il se fait qu'étant mort et ayant été enseveli en Égypte, il y a cinq mille ans, vous soyez aujourd'hui parfaitement vivant, et avec un air de santé admirable.

— Si à cette époque j'étais *mort*, comme vous dites, — répliqua le comte, — il est plus que probable que mort je serais resté ; car je m'aperçois que vous en êtes encore à l'enfance du galvanisme, et que vous ne pouvez pas accomplir par cet agent ce qui dans le vieux temps était chez nous chose vulgaire. Mais le fait est que j'étais tombé en catalepsie, et que mes meilleurs amis jugèrent que j'étais mort, ou que je devais être mort ; c'est pourquoi ils m'embaumèrent tout de suite. — Je présume que vous connaissez le principe capital de l'embaumement ?

— Mais, pas le moins du monde.

— Ah ! je conçois ; — déplorable condition de l'ignorance ! Je ne puis donc pour le moment entrer dans aucun détail à ce sujet ; mais il est indispensable que je vous explique qu'en Égypte embaumer, à proprement parler, était suspendre indéfiniment toutes les fonctions animales soumises au procédé. Je me sers du terme *animal* dans son sens le plus large, comme impliquant l'être moral et vital aussi bien que l'être physique. Je répète que le premier principe de l'embaumement consistait, chez nous, à arrêter immédiatement et à tenir perpétuellement en suspens toutes les fonctions animales soumises au procédé. Enfin, pour être bref, dans quelque état que se trouvât l'individu à l'époque de l'embaumement, il restait dans cet état. Maintenant, comme j'ai le bonheur d'être du sang du Scarabée, je fus embaumé vivant, tel que vous me voyez présentement.

— Le sang du Scarabée ! — s'écria le docteur Ponnonner.

— Oui. Le Scarabée était l'emblème, les armes d'une famille patricienne très distinguée et peu nombreuse. Être du sang du Scarabée, c'est simplement être de la famille dont le Scarabée est l'emblème. Je parle figurativement.

— Mais qu'a cela de commun avec le fait de votre existence actuelle ?

— Eh bien, c'était la coutume générale en Égypte, avant d'embaumer un cadavre, de lui enlever les intestins et la cervelle ; la race des Scarabées seule n'était pas sujette à cette coutume. Si donc je n'avais pas été un Scarabée, j'eusse été privé de mes boyaux et de ma cervelle, et sans ces deux viscères vivre n'est pas chose commode.

— Je comprends cela, — dit M. Buckingham, — et je présume que toutes les momies qui nous parviennent *entières* sont de la race des Scarabées.

— Sans aucun doute.

— Je croyais, — dit M. Gliddon très timidement, — que le Scarabée était un des Dieux Égyptiens.

— Un des *quoi* Égyptiens ! — s'écria la momie, sautant sur ses pieds.

— Un des Dieux, — répéta le voyageur.

— Monsieur Gliddon, je suis réellement étonné de vous entendre parler de la sorte, — dit le comte en se rasseyant. — Aucune nation sur la face de la terre n'a jamais reconnu plus d'*un* Dieu. Le Scarabée, l'Ibis, etc., étaient pour nous (ce que d'autres créatures ont été pour d'autres nations) les symboles, les intermédiaires par lesquels nous offrions le culte au Créateur, trop auguste pour être approché directement.

Ici il se fit une pause. À la longue, l'entretien fut repris par le docteur Ponnonner.

— Il n'est donc pas improbable, d'après vos explications, — dit-il, — qu'il puisse exister dans les catacombes qui sont près du Nil d'autres momies de la race du Scarabée dans de semblables conditions de vitalité ?

— Cela ne peut pas faire l'objet d'une question, — répliqua le comte ; — tous les Scarabées qui par accident ont été embaumés vivants sont vivants. Quelques-uns même de ceux qui ont été ainsi embaumés *à dessein* peuvent avoir été oubliés par leurs exécuteurs testamentaires et sont encore dans leurs tombes.

— Seriez-vous assez bon, — dis-je, — pour expliquer ce que vous entendez par : *embaumés ainsi à dessein* ?

— Avec le plus grand plaisir, — répliqua la momie, après m'avoir considéré à loisir à travers son lorgnon ; car c'était la première fois que je me hasardais à lui adresser directement une question.

— Avec le plus grand plaisir, — dit-elle. — La durée ordinaire de la vie humaine, de mon temps, était de huit cents ans environ. Peu d'hommes mouraient, sauf par suite d'accidents très extraordinaires, avant l'âge de six cents ; très peu vivaient plus de dix siècles ; mais huit siècles étaient considérés comme le terme naturel. Après la découverte du principe de l'embaumement, tel que je vous l'ai expliqué, il vint à l'esprit de nos philosophes qu'on pourrait satisfaire une louable curiosité, et en même temps servir considérablement les intérêts de la science, en morcelant la durée moyenne et en vivant cette vie naturelle par acomptes. Relativement à la science historique, l'expérience a démontré qu'il y avait quelque chose à faire dans ce sens, quelque chose d'indispensable. Un historien, par exemple, ayant atteint l'âge de cinq cents ans, écrivait un livre avec le plus grand soin ; puis il se faisait soigneusement embaumer, laissant commission à ses exécuteurs testamentaires *pro tempore* de le ressusciter après un certain laps de temps, — mettons cinq ou six cents ans. Rentrant dans la vie à l'expiration de cette époque, il trouvait invariablement son grand ouvrage converti en une espèce de cahier de notes accumulées au hasard, — c'est-à-dire en une sorte d'arène littéraire ouverte aux conjectures contradictoires, aux énigmes et aux chamailleries personnelles de toutes les bandes de commentateurs exaspérés. Ces conjectures, ces énigmes qui passaient sous le nom d'annotations ou corrections, avaient si complètement enveloppé, torturé, écrasé le texte, que l'auteur était réduit à fureter partout dans ce fouillis avec une lanterne pour découvrir son propre livre. Mais une fois retrouvé, ce pauvre livre ne valait jamais les peines que l'auteur avait prises pour le ravoir. Après l'avoir récrit d'un bout à l'autre, il restait encore une besogne pour l'historien, un devoir impérieux : c'était de corriger, d'après sa science et son expérience personnelles, les traditions du jour concernant l'époque dans laquelle il avait primitivement vécu. Or, ce procédé de recomposition et de rectification personnelle, poursuivi de temps à autre par différents sages, avait pour résultat d'empêcher notre histoire de dégénérer en une pure fable.

— Je vous demande pardon, — dit alors le docteur Ponnonner, posant doucement sa main sur le bras de l'Égyptien, — je vous demande pardon, monsieur, mais puis-je me permettre de vous interrompre pour un moment ?

— Parfaitement, *monsieur*, — répliqua le comte en s'écartant un peu.

— Je désirais simplement vous faire une question, — dit le docteur. — Vous avez parlé de corrections personnelles de l'auteur relativement aux traditions qui concernaient son époque. En moyenne, monsieur, je vous prie, dans quelle proportion la vérité se trouvait-elle généralement mêlée à ce grimoire ?

— On trouva généralement que ce grimoire, — pour me servir de votre excellente définition, monsieur, — était exactement au pair avec les faits rapportés dans l'histoire elle-même non récrite, — c'est-à-dire qu'on ne vit jamais dans aucune circonstance un simple iota de l'un ou de l'autre qui ne fût absolument et radicalement faux.

— Mais, puisqu'il est parfaitement clair, — reprit le docteur, — que cinq mille ans au moins se sont écoulés depuis votre enterrement, je tiens pour sûr que vos annales à cette époque, sinon vos traditions, étaient suffisamment explicites sur un sujet d'un intérêt universel, la Création ; qui eut lieu, comme vous le savez sans doute, seulement dix siècles auparavant, ou peu s'en faut.

— Monsieur ! — fit le comte Allamistakeo.

Le docteur répéta son observation, mais ce ne fut qu'après mainte explication additionnelle qu'il parvint à se faire comprendre de l'étranger. À la fin, celui-ci dit, non sans hésitation :

— Les idées que vous soulevez sont, je le confesse, entièrement nouvelles pour moi. De mon temps, je n'ai jamais connu personne qui eût été frappé d'une si singulière idée, que l'univers (ou ce monde, si vous l'aimez mieux), pouvait avoir eu un commencement. Je me rappelle qu'une fois, mais rien qu'une fois, un homme de grande science me parla d'une tradition vague concernant l'origine de la race humaine ; et cet homme se servait comme vous du mot *Adam*, ou *terre rouge*. Mais il l'employait dans un sens générique, comme ayant trait à la germination spontanée par le limon, — juste comme un millier d'animalcules, — à la germination spontanée, dis-je, de cinq vastes hordes d'hommes, poussant simultanément dans cinq parties distinctes du globe, presque égales entre elles.

Ici, la société haussa généralement les épaules, et une ou deux personnes se touchèrent le front avec un air très significatif. M. Silk Buckingham, jetant un léger coup d'œil d'abord sur l'occiput, puis sur le sinciput d'Allamistakeo, prit ainsi la parole :

— La longévité humaine dans votre temps, unie à cette pratique fréquente que vous nous avez expliquée, consistant à vivre sa vie par acomptes, aurait dû, en vérité, contribuer puissamment au développement général et à l'accumulation des connaissances. Je présume donc que nous devons attribuer l'infériorité marquée des anciens Égyptiens dans toutes les parties de la science, quand on les compare avec les modernes et plus spécialement avec les Yankees, uniquement à l'épaisseur plus considérable du crâne égyptien.

—Je confesse de nouveau, — répliqua le comte, avec une parfaite urbanité, — que je suis quelque peu en peine de vous comprendre ; dites-moi, je vous prie, de quelles parties de la science voulez-vous parler ?

Ici, toute la compagnie, d'une voix unanime, cita les affirmations de la phrénologie et les merveilles du magnétisme animal.

Nous ayant écoutés jusqu'au bout, le comte se mit à raconter quelques anecdotes qui nous prouvèrent clairement que les prototypes de Gall et de Spurzheim avaient fleuri et dépéri en Égypte, mais dans une époque si ancienne qu'on en avait presque perdu le souvenir, — et que les procédés de Mesmer étaient des tours misérables en comparaison des miracles positifs opérés par les savants de Thèbes qui créaient des poux et une foule d'autres êtres semblables.

Je demandai alors au comte si ses compatriotes étaient capables de calculer les éclipses. Il sourit avec une nuance de dédain et m'affirma que oui.

Ceci me troubla un peu ; cependant, je commençais à lui faire d'autres questions relativement à leurs connaissances astronomiques, quand quelqu'un de la société, qui n'avait pas encore ouvert la bouche, me souffla à l'oreille que, si j'avais besoin de renseignements sur ce chapitre, je ferais mieux de consulter un certain monsieur Ptolémée aussi bien qu'un nommé Plutarque, à l'article *De facie lunæ*.

Je questionnai alors la momie sur les verres ardents et lenticulaires, et généralement sur la fabrication du verre ; mais je n'avais pas encore fini mes questions que le camarade silencieux me poussait doucement par le coude, et me priait, pour l'amour de Dieu, de jeter un coup d'œil sur Diodore de Sicile. Quant au comte, il me demanda simplement, en manière de réplique, si, nous autres modernes, nous possédions des microscopes qui nous permissent de graver des onyx avec la perfection des Égyptiens. Pendant que je cherchais la réponse à faire à cette question, le petit docteur Ponnonner s'aventura dans une voie très extraordinaire.

— Voyez notre architecture ! — s'écria-t-il, à la grande indignation des deux voyageurs qui le pinçaient jusqu'au bleu, mais sans réussir à le faire taire.

— Allez voir, — criait-il avec enthousiasme, — la fontaine du Jeu de boule à New York ! ou, si c'est une trop écrasante contemplation, regardez un instant le Capitole à Washington, D. C. !

Et le bon petit homme médical alla jusqu'à détailler minutieusement les proportions du bâtiment en question. Il expliqua que le portique seul n'était pas orné de moins de vingt-quatre colonnes, de cinq pieds de diamètre, et situées à dix pieds de distance l'une de l'autre.

Le comte dit qu'il regrettait de ne pouvoir se rappeler pour le moment la dimension précise d'aucune des principales constructions de la cité d'Aznac, dont les fondations plongeaient dans la nuit du temps, mais dont les ruines étaient encore debout, à l'époque de son enterrement, dans une vaste plaine de sable à l'ouest de Thèbes. Il se souvenait néanmoins, à propos de portiques, qu'il y en avait un, appliqué à un palais secondaire, dans une espèce de faubourg appelé Carnac, et formé de cent quarante-quatre colonnes de trente-sept pieds de circonférence chacune, et distantes de vingt-cinq pieds l'une de l'autre. On arrivait du Nil à ce portique par une avenue de deux milles de long, formée par des sphinx, des statues, des obélisques de vingt, de soixante et de cent pieds de haut. Le palais lui-même, autant qu'il pouvait se rappeler, avait, dans un sens seulement, deux milles de long, et pouvait bien avoir en tout sept milles de circuit. Ses murs étaient richement décorés en dedans et en dehors de peintures hiéroglyphiques. Il ne prétendait pas *affirmer* qu'on aurait pu bâtir entre ses murs cinquante ou soixante des Capitoles du docteur ; mais il ne lui était pas démontré que deux ou trois cents n'eussent pas pu y être empilés sans trop d'embarras. Ce palais de Carnac était une insignifiante petite bâtisse, après tout. Le comte néanmoins ne pouvait pas, en stricte conscience, se refuser à reconnaître le style ingénieux, la magnificence et la supériorité de la fontaine du Jeu de boule, telle que le docteur l'avait décrite. Rien de semblable, il était forcé de l'avouer, n'avait jamais été vu en Égypte ni ailleurs.

Je demandai alors au comte ce qu'il pensait de nos chemins de fer.

— Rien de particulier, — dit-il. — Ils sont un peu faibles, assez mal conçus et grossièrement assemblés. Ils ne peuvent donc pas être comparés aux vastes chaussées à rainures de fer, horizontales et directes, sur lesquelles les Égyptiens transportaient des temples entiers et des obélisques massifs de cent cinquante pieds de haut.

Je lui parlai de nos gigantesques forces mécaniques. Il convint que nous savions faire quelque chose dans ce genre, mais il me demanda comment nous nous y serions pris pour dresser les impostes sur les linteaux du plus petit palais de Carnac.

Je jugeai à propos de ne pas entendre cette question, et je lui demandai s'il avait quelque idée des puits artésiens ; mais il releva simplement les sourcils, pendant que M. Gliddon me faisait un clignement d'yeux très prononcé, et me disait à voix basse que les ingénieurs chargés de forer le terrain pour trouver de l'eau dans la Grande Oasis en avaient découvert un tout récemment.

Alors, je citai nos aciers ; mais l'étranger leva le nez, et me demanda si notre acier aurait jamais pu exécuter les sculptures si vives et si nettes qui décorent les obélisques, et qui avaient été entièrement exécutées avec des outils de cuivre.

Cela nous déconcerta si fort que nous jugeâmes à propos de faire une diversion sur la métaphysique. Nous envoyâmes chercher un exemplaire d'un ouvrage qui s'appelle le *Dial*, et nous en lûmes un chapitre ou deux sur un sujet qui n'est pas très clair, mais que les gens de Boston définissent : le Grand Mouvement ou Progrès.

Le comte dit simplement que de son temps les grands mouvements étaient choses terriblement communes, et que, quant au Progrès, il fut à une certaine époque une vraie calamité, mais ne progressa jamais.

Nous parlâmes alors de la grande beauté et de l'importance de la Démocratie, et nous eûmes beaucoup de peine à bien faire comprendre au comte la nature positive des avantages dont nous jouissions en vivant dans un pays où le suffrage était *ad libitum*, et où il n'y avait pas de roi.

Il nous écouta avec un intérêt marqué, et en somme il parut réellement s'amuser. Quand nous eûmes fini, il nous dit qu'il s'était passé là-bas, il y avait déjà bien longtemps, quelque chose de tout à fait semblable. Treize provinces égyptiennes résolurent tout d'un coup d'être libres, et de donner ainsi un magnifique exemple au reste de l'humanité. Elles rassemblèrent leurs sages, et brassèrent la plus ingénieuse constitution qu'il est possible d'imaginer. Pendant quelque temps, tout alla le mieux du monde ; seulement il y avait là des habitudes de blague qui étaient quelque chose de prodigieux. La chose néanmoins finit ainsi : les treize États, avec quelque chose comme quinze ou vingt autres, se consolidèrent dans le plus odieux et le plus insupportable despotisme dont on ait jamais ouï parler sur la face du globe.

Je demandai quel était le nom du tyran usurpateur.

Autant que le comte pouvait se le rappeler, ce tyran se nommait : *La Canaille.*

Ne sachant que dire à cela, j'élevai la voix, et je déplorai l'ignorance des Égyptiens relativement à la vapeur.

Le comte me regarda avec beaucoup d'étonnement, mais ne répondit rien. Le gentleman silencieux me donna toutefois un violent coup de coude dans les côtes, — me dit que je m'étais suffisamment compromis pour une fois, — et me demanda si j'étais réellement assez innocent pour ignorer que la machine à vapeur moderne descendait de l'invention de Héro en passant par Salomon de Caus.

Nous étions pour lors en grand danger d'être battus ; mais notre bonne étoile fit que le docteur Ponnonner s'étant rallié accourut à notre secours, et demanda si la nation égyptienne prétendait sérieusement rivaliser avec les modernes dans l'article de la toilette, si important et si compliqué.

À ce mot, le comte jeta un regard sur les sous-pieds de son pantalon ; puis, prenant par le bout une des basques de son habit, il l'examina curieusement pendant quelques minutes. À la fin, il la laissa retomber, et sa bouche s'étendit graduellement d'une oreille à l'autre ; mais je ne me rappelle pas qu'il ait dit quoi que ce soit en manière de réplique.

Là-dessus, nous recouvrâmes nos esprits, et le docteur, s'approchant de la momie d'un air plein de dignité, la pria de dire avec candeur, sur son honneur de gentleman, si les Égyptiens avaient compris, à une époque quelconque, la fabrication soit des pastilles de Ponnonner, soit des pilules de Brandreth.

Nous attendions la réponse dans une profonde anxiété, — mais bien inutilement. Cette réponse n'arrivait pas. L'Égyptien rougit et baissa la tête. Jamais triomphe ne fut plus complet ; jamais défaite ne fut supportée de plus mauvaise grâce. Je ne pouvais vraiment pas endurer le spectacle de l'humiliation de la pauvre momie. Je pris mon chapeau, je la saluai avec un certain embarras, et je pris congé.

En rentrant chez moi, je m'aperçus qu'il était quatre heures passées, et je me mis immédiatement au lit. Il est maintenant dix heures du matin. Je suis levé depuis sept, et j'écris ces notes pour l'instruction de ma famille et de l'humanité. Quant à la première, je ne la verrai plus. Ma femme est une mégère. La vérité est que cette vie et généralement tout le dix-neuvième siècle me donnent des nausées. Je suis convaincu que tout va de travers. En outre, je suis anxieux de savoir qui sera élu Président en 2045. C'est pourquoi, une fois rasé et mon café avalé, je vais tomber chez Ponnonner, et je me fais embaumer pour une couple de siècles.

LE PUITS ET LE PENDULE

être à cause que dans mon imagination je l'associais avec une roue de moulin. Mais cela ne dura que fort peu de temps ; car tout d'un coup je n'entendis plus rien. Toutefois, pendant quelque temps encore, je vis ; mais avec quelle terrible exagération ! Je voyais les lèvres des juges en robe noire. Elles m'apparaissaient blanches, — plus blanches que la feuille sur laquelle je trace ces mots, — et minces jusqu'au grotesque ; amincies par l'intensité de leur expression de dureté, — d'immuable résolution, — de rigoureux mépris de la douleur humaine. Je voyais que les décrets de ce qui pour moi représentait le Destin coulaient encore de ces lèvres. Je les vis se tordre en une phrase de mort. Je les vis figurer les syllables de mon nom ; et je frissonnai, sentant que le son ne suivait pas le mouvement. Je vis aussi, pendant quelques moments d'horreur délirante, la molle et presque imperceptible ondulation des draperies noires qui revêtaient les murs de la salle. Et alors ma vue tomba sur les sept grands flambeaux qui étaient posés sur la table. D'abord ils revêtirent l'aspect de la Charité, et m'apparurent comme des anges blancs et svel tes qui devaient me sauver ; mais alors, et tout d'un coup, une nausée mortelle envahit mon âme, et je sentis chaque fibre de mon être frémir comme si j'avais touché le fil d'une pile voltaïque ; et ces formes angéliques devenaient des spectres insignifiants, avec des têtes de flamme, et je voyais bien qu'il n'y avait aucun secours à espérer d'eux. Et alors se glissa dans mon imagination, comme une riche note musicale, l'idée du repos délicieux qui nous attend dans la tombe. L'idée vint doucement et furtivement, et il me sembla qu'il me fallut un long temps pour en avoir une appréciation complète ; mais, au moment même où mon esprit commençait enfin à bien sentir et à choyer cette idée, les figures des juges s'évanouirent comme par magie ; les grands flambeaux se réduisirent à néant ; leurs flammes s'éteignirent entièrement ; le noir des ténèbres survint ; toutes sensations parurent s'engloutir comme dans un plongeon fou et précipité de l'âme dans l'Hadès. Et l'univers ne fut plus que nuit, silence, immobilité.

J'étais évanoui ; mais cependant, je ne dirai pas que j'eusse perdu toute conscience. Ce qu'il m'en restait, je n'essaierai pas de le définir, ni même de le décrire ; mais enfin tout n'était pas perdu. Dans le plus profond sommeil, — non ! Dans le délire, — non ! Dans l'évanouissement, — non ! Dans la mort, — non ! Même dans le tombeau tout n'est pas perdu. Autrement il n'y aurait pas d'immortalité pour l'homme. En nous éveillant du plus profond sommeil, nous déchirons la toile aranéeuse de quelque rêve. Cependant une seconde après, — tant était frêle peut-être ce tissu, — nous ne nous souve-

nons pas d'avoir rêvé. Dans le retour de l'évanouissement à la vie, il y a deux degrés : le
premier, c'est le sentiment de l'existence mo-
rale ou spirituelle ; le second, le sentiment de
l'existence physique. Il semble probable que si,
en arrivant au second degré, nous pouvions
évoquer les impressions du premier, nous y re-
trouverions tous les éloquents souvenirs du gouffre transmondain. Et ce gouffre, quel est-il ?
Comment du moins distinguerons-nous ses ombres de celles de la tombe ? Mais si les impressions de ce que j'ai appelé le premier degré ne
reviennent pas à l'appel de la volonté, toutefois,
après un long intervalle, n'apparaissent-elles pas
sans y être invitées, cependant que nous nous
émerveillons d'où elles peuvent sortir ? Celui-là
qui ne s'est jamais évanoui n'est pas celui qui
découvre d'étranges palais et des visages bizar-
rement familiers dans les braises ardentes ; ce
n'est pas lui qui contemple, flottantes au milieu
de l'air, les mélancoliques visions que le vulgaire
ne peut apercevoir ; ce n'est pas lui qui médite
sur le parfum de quelque fleur inconnue, — ce
n'est pas lui dont le cerveau s'égare dans le mystère de quelque mélodie qui jusqu'alors n'avait
jamais arrêté son attention.

Au milieu de mes efforts répétés et intenses,
de mon énergique application à ramasser quelque vestige de cet état de néant apparent dans
lequel avait glissé mon âme, il y a eu des mo-

ments où je rêvais que je réussissais ; il y a eu de courts instants, de très courts instants où j'ai conjuré des souvenirs que ma raison lucide, dans une époque postérieure, m'a affirmé ne pouvoir se rapporter qu'à cet état où la conscience paraît annihilée. Ces ombres de souvenirs me présentent, très distinctement, de grandes figures qui m'enlevaient, et silencieusement me transportaient en bas, — et encore en bas, — toujours plus bas, — jusqu'au moment où un vertige horrible m'oppressa à la simple idée de l'infini dans la descente. Elles me rappellent aussi je ne sais quelle vague horreur que j'éprouvais au cœur, en raison même du calme surnaturel de ce cœur. Puis vient le sentiment d'une immobilité soudaine dans tous les êtres environnants ; comme si ceux qui me portaient, — un cortège de spectres ! — avaient dépassé dans leur descente les limites de l'illimité, et s'étaient arrêtés, vaincus par l'infini ennui de leur besogne. Ensuite mon âme retrouve une sensation de fadeur et d'humidité ; et puis tout n'est plus que folie ; — la folie d'une mémoire qui s'agite dans l'abominable.

Très soudainement revinrent dans mon âme son et mouvement, — le mouvement tumultueux du cœur, et dans mes oreilles le bruit de ses battements. Puis une pause dans laquelle tout disparaît. Puis de nouveau, le son, le mouvement et le toucher, — comme une sensation

vibrante pénétrant mon être. Puis la simple
conscience de mon existence, sans pensée, —
situation qui dura longtemps. Puis, très soudainement, la *pensée*, et une terreur frissonnante,
et un ardent effort de comprendre au vrai mon
état. Puis un vif désir de retomber dans l'insensibilité. Puis brusque renaissance de l'âme et
tentative réussie de mouvement. Et alors le souvenir complet du procès, des draperies noires,
de la sentence, de ma faiblesse, de mon évanouissement. Quant à tout ce qui suivit, l'oubli
le plus complet ; ce n'est que plus tard et par
l'application la plus énergique que je suis par-
venu à me le rappeler vaguement.

Jusque-là je n'avais pas ouvert les yeux, je sentais que j'étais couché sur le dos et sans liens.
J'étendis ma main, et elle tomba lourdement
sur quelque chose d'humide et dur. Je la laissai
reposer ainsi pendant quelques minutes,
m'évertuant à deviner où je pouvais être, et *ce
que* j'étais devenu. J'étais impatient de me servir
de mes yeux, mais je n'osais pas. Je redoutais le
premier coup d'œil sur les objets environnants.
Ce n'était pas que je craignisse de regarder des
choses horribles, mais j'étais épouvanté de l'idée
de ne rien voir. À la longue, avec une folle an-
goisse de cœur, j'ouvris vivement les yeux. Mon
affreuse pensée se trouvait donc confirmée. La
noirceur de l'éternelle nuit m'enveloppait. Je
fis un effort pour respirer. Il me semblait que

l'intensité des ténèbres m'oppressait et me suf-
foquait. L'atmosphère était intolérablement
lourde. Je restai paisiblement couché, et je fis
un effort pour exercer ma raison. Je me rappe-
lai les procédés de l'Inquisition, et, partant de
là, je m'appliquai à en déduire ma position
réelle. La sentence avait été prononcée, et il
me semblait que depuis lors il s'était écoulé un
long intervalle de temps. Cependant je n'imagi-
nai pas un seul instant que je fusse réellement
mort. Une telle idée, en dépit de toutes les fic-
tions littéraires, est tout à fait incompatible avec
l'existence réelle ; — mais où étais-je, et dans
quel état ? Les condamnés à mort, je le savais,
mouraient ordinairement dans les *autodafé*.
Une solennité de ce genre avait été célébrée le
soir même du jour de mon jugement. Avais-je
été réintégré dans mon cachot pour y attendre
le prochain sacrifice qui ne devait avoir lieu
que dans quelques mois ? Je vis tout d'abord
que cela ne pouvait pas être. Le contingent des
victimes avait été mis immédiatement en réqui-
sition ; de plus, mon premier cachot, comme
toutes les cellules des condamnés à Tolède,
était pavé de pierres, et la lumière n'en était
pas tout à fait exclue.

Tout à coup une idée terrible chassa le sang
par torrents vers mon cœur, et, pendant quelques instants, je retombai de nouveau dans
mon insensibilité. En revenant à moi, je me

dressai d'un seul coup sur mes pieds, tremblant convulsivement dans chaque fibre. J'étendis follement mes bras au-dessus et autour de moi, dans tous les sens. Je ne sentais rien ; cependant je tremblais de faire un pas, j'avais peur de me heurter contre les murs de ma tombe. La sueur jaillissait de tous mes pores et s'arrêtait en grosses gouttes froides sur mon front. L'agonie de l'incertitude devint à la longue intolérable, et je m'avançai avec précaution, étendant les bras et dardant mes yeux hors de leurs orbites, dans l'espérance de surprendre quelque faible rayon de lumière. Je fis plusieurs pas, mais tout était noir et vide. Je respirai plus librement. Enfin il me parut évident que la plus affreuse des destinées n'était pas celle qu'on m'avait réservée.

Et alors, comme je continuais à m'avancer avec précaution, mille vagues rumeurs qui couraient sur ces horreurs de Tolède vinrent se presser pêle-mêle dans ma mémoire. Il se racontait sur ces cachots d'étranges choses, — je les avais toujours considérées comme des fables, — mais cependant si étranges et si effrayantes qu'on ne les pouvait répéter qu'à voix basse. Devais-je mourir de faim dans ce monde souterrain de ténèbres — ou quelle destinée, plus terrible encore peut-être m'attendait ? Que le résultat fût la mort, et une mort d'une amertume choisie, je connaissais trop bien le caractère de mes juges pour en douter ; le mode et l'heure étaient tout ce qui m'occupait et me tourmentait.

Mes mains étendues rencontrèrent à la longue un obstacle solide. C'était un mur, qui semblait construit en pierres, — très lisse, humide et froid. Je le suivis de près, marchant avec la soigneuse méfiance que m'avaient inspirée certaines anciennes histoires. Cette opération néanmoins ne me donnait aucun moyen de vérifier la dimension de mon cachot ; car je pouvais en faire le tour et revenir au point d'où j'étais parti sans m'en apercevoir, tant le mur semblait parfaitement uniforme. C'est pourquoi je cherchai le couteau que j'avais dans ma poche quand on m'avait conduit au tribunal ; mais il avait disparu, mes vêtements ayant été changés contre une robe de serge grossière. J'avais eu l'idée d'enfoncer la lame dans quelque menue crevasse de la maçonnerie, afin de bien constater mon point de départ. La difficulté cependant était bien vulgaire ; mais d'abord, dans le désordre de ma pensée, elle me sembla insurmontable. Je déchirai une partie de l'ourlet de ma robe, et je plaçai le morceau par terre dans toute sa longueur et à angle droit contre le mur. En suivant mon chemin à tâtons autour de mon cachot, je ne pouvais pas manquer de rencontrer ce chiffon en achevant le circuit. Du moins je le croyais ; mais je n'avais pas tenu compte de l'étendue de mon cachot ou de ma

faiblesse. Le terrain était humide et glissant.
J'allai en chancelant pendant quelque temps,
puis je trébuchai, je tombai. Mon extrême fati-
gue me décida à rester couché, et le sommeil
me surprit bientôt dans cet état.

En m'éveillant et en étendant un bras, je trouvai à côté de moi un pain et une cruche d'eau.
J'étais trop épuisé pour réfléchir sur cette circonstance, mais je bus et mangeai avec avidité.
Peu de temps après je repris mon voyage autour
de ma prison, et avec beaucoup de peine j'arri-
vai au lambeau de serge. Au moment où je tombai, j'avais compté déjà cinquante-deux pas, et,
en reprenant ma promenade, j'en comptai encore quarante-huit, — quand je rencontrai
mon chiffon. Donc, en tout, cela faisait cent
pas ; et, en supposant que deux pas fissent un
yard, je présumai que le cachot avait cinquante
yards de circuit. J'avais toutefois rencontré
beaucoup d'angles dans le mur, et ainsi il n'y
avait guère moyen de conjecturer la forme du
caveau ; car je ne pouvais m'empêcher de supposer que c'était un caveau.

Je ne mettais pas un bien grand intérêt dans
ces recherches, — à coup sûr pas d'espoir ;
mais une vague curiosité me poussa à les continuer. Quittant le mur, je résolus de traverser la
superficie circonscrite. D'abord, j'avançai avec
une extrême précaution ; car le sol, quoique
paraissant fait d'une matière dure, était traître

et gluant. À la longue cependant je pris courage, et je me mis à marcher avec assurance, m'appliquant à traverser en ligne aussi droite que possible. Je m'étais ainsi avancé de dix ou douze pas environ, quand le reste de l'ourlet déchiré de ma robe s'entortilla dans mes jambes. Je marchai dessus et tombai violemment sur le visage.

Dans le désordre de ma chute, je ne remarquai pas tout de suite une circonstance passablement surprenante, qui cependant, quelques secondes après, et comme j'étais encore étendu, fixa mon attention. Voici : mon menton posait sur le sol de la prison, mais mes lèvres et la partie supérieure de ma tête, quoique paraissant situées à une moindre élévation que le menton, ne touchaient à rien. En même temps il me sembla que mon front était baigné d'une vapeur visqueuse et qu'une odeur particulière de vieux champignons montait vers mes narines. J'étendis le bras, et je frissonnai en découvrant que j'étais tombé sur le bord même d'un puits circulaire, dont je n'avais, pour le moment, aucun moyen de mesurer l'étendue. En tâtant la maçonnerie juste au-dessous de la margelle, je réussis à déloger un petit fragment, et je le laissai tomber dans l'abîme. Pendant quelques secondes je prêtai l'oreille à ses ricochets ; il battait dans sa chute les parois du gouffre ; à la fin, il fit dans l'eau un lugubre plongeon, suivi de bruyants échos. Au même instant un bruit se fit au-dessus de ma tête, comme d'une porte presque aussitôt fermée qu'ouverte, pendant qu'un faible rayon de lumière traversait soudainement l'obscurité et s'éteignait presque en même temps.

Je vis clairement la destinée qui m'avait été préparée, et je me félicitai de l'accident opportun qui m'avait sauvé. Un pas de plus, et le monde ne m'aurait plus revu. Et cette mort évitée à temps portait ce même caractère que j'avais regardé comme fabuleux et absurde dans les contes qui se faisaient sur l'Inquisition. Les victimes de sa tyrannie n'avaient pas d'autre alternative que la mort avec ses plus cruelles agonies physiques, ou la mort avec ses plus abominables tortures morales. J'avais été réservé pour cette dernière. Mes nerfs étaient détendus par une longue souffrance, au point que je tremblais au son de ma propre voix, et j'étais devenu à tous égards un excellent sujet pour l'espèce de torture qui m'attendait.

Tremblant de tous mes membres, je rebroussai chemin à tâtons vers le mur, — résolu à m'y laisser mourir plutôt que d'affronter l'horreur des puits, que mon imagination multipliait maintenant dans les ténèbres de mon cachot. Dans une autre situation d'esprit, j'aurais eu le courage d'en finir avec mes misères, d'un seul coup, par un plongeon dans l'un de ces abîmes ;

mais maintenant j'étais le plus parfait des lâches. Et puis il m'était impossible d'oublier ce que j'avais lu au sujet de ces puits, — que l'extinction *soudaine* de la vie était une possibilité soigneusement exclue par l'infernal génie qui en avait conçu le plan.

L'agitation de mon esprit me tint éveillé pendant de longues heures ; mais à la fin je m'assoupis de nouveau. En m'éveillant, je trouvai à côté de moi, comme la première fois, un pain et une cruche d'eau. Une soif brûlante me consumait, et je vidai la cruche tout d'un trait. Il faut que cette eau ait été droguée, — car à peine l'eus-je bue que je m'assoupis irrésistiblement. Un profond sommeil tomba sur moi, — un sommeil semblable à celui de la mort. Combien de temps dura-t-il, je n'en puis rien savoir ; mais, quand je rouvris les yeux, les objets autour de moi étaient visibles. Grâce à une lueur singulière, sulfureuse, dont je ne pus pas d'abord découvrir l'origine, je pouvais voir l'étendue et l'aspect de la prison.

Je m'étais grandement mépris sur sa dimension. Les murs ne pouvaient pas avoir plus de vingt-cinq yards de circuit. Pendant quelques minutes cette découverte fut pour moi un immense trouble ; trouble bien puéril en vérité, — car, au milieu des circonstances terribles qui m'entouraient, que pouvait-il y avoir de moins important que les dimensions de ma prison ?

Mais mon âme mettait un intérêt bizarre dans des niaiseries, et je m'appliquai fortement à me rendre compte de l'erreur que j'avais commise dans mes mesures. À la fin, la vérité m'apparut comme un éclair. Dans la première tentative d'exploration, j'avais compté cinquante-deux pas, jusqu'au moment où je tombai ; je devais être alors à un pas ou deux du morceau de serge ; dans le fait, j'avais presque accompli le circuit du caveau. Je m'endormis alors, — et, en m'éveillant, il faut que je sois retourné sur mes pas, — créant ainsi un circuit presque double du circuit réel. La confusion de mon cerveau m'avait empêché de remarquer que j'avais commencé mon tour avec le mur à ma gauche, et que je le finissais avec le mur à ma droite.

Je m'étais aussi trompé relativement à la forme de l'enceinte. En tâtant ma route, j'avais trouvé beaucoup d'angles, et j'en avais déduit l'idée d'une grande irrégularité ; tant est puissant l'effet d'une totale obscurité sur quelqu'un qui sort d'une léthargie ou d'un sommeil ! Ces angles étaient simplement produits par quelques légères dépressions ou retraits à des intervalles inégaux. La forme générale de la prison était un carré. Ce que j'avais pris pour de la maçonnerie semblait maintenant de fer, ou tout autre métal, en plaques énormes, dont les sutures et les joints occasionnaient les dépressions. La surface entière de cette construction métallique était grossièrement barbouillée de tous les emblèmes hideux et répulsifs auxquels la superstition sépulcrale des moines a donné naissance. Des figures de démons, avec des airs de menace, avec des formes de squelettes, et d'autres images d'une horreur plus réelle souillaient les murs dans toute leur étendue. J'observai que les contours de ces monstruosités étaient suffisamment distincts, mais que les couleurs étaient flétries et altérées, comme par l'effet d'une atmosphère humide. Je remarquai alors le sol, qui était en pierre. Au centre bâillait le puits circulaire, à la gueule duquel j'avais échappé ; mais il n'y en avait qu'un seul dans le cachot.

Je vis tout cela indistinctement et non sans effort, — car ma situation physique avait singulièrement changé pendant mon sommeil. J'étais maintenant couché sur le dos, tout de mon long, sur une espèce de charpente de bois très basse. J'y étais solidement attaché avec une longue bande qui ressemblait à une sangle. Elle s'enroulait plusieurs fois autour de mes membres et de mon corps, ne laissant de liberté qu'à ma tête et à mon bras gauche ; mais encore me fallait-il faire un effort des plus pénibles pour me procurer la nourriture contenue dans un plat de terre posé à côté de moi sur le sol. Je m'aperçus avec terreur que la cruche avait été enlevée. Je dis : avec terreur, car j'étais dévoré d'une intolérable soif. Il me sembla qu'il entrait dans le plan de mes bourreaux d'exaspérer cette soif, — car la nourriture contenue dans le plat était une viande cruellement assaisonnée.

Je levai les yeux, et j'examinai le plafond de ma prison. Il était à une hauteur de trente ou quarante pieds, et, par sa construction, il ressemblait beaucoup aux murs latéraux. Dans un de ses panneaux, une figure des plus singulières fixa toute mon attention. C'était la figure peinte du Temps, comme il est représenté d'ordinaire, sauf qu'au lieu d'une faux il tenait un objet qu'au premier coup d'œil je pris pour l'image peinte d'un énorme pendule, comme on en voit dans les horloges antiques. Il y avait néanmoins dans l'aspect de cette machine quelque chose qui me fit la regarder avec plus d'attention. Comme je l'observais directement, les yeux en l'air, — car elle était placée juste au-dessus de moi, — je crus la voir remuer. Un instant après, mon idée était confirmée. Son balancement était court, et naturellement très lent. Je l'épiai pendant quelques minutes, non sans une certaine défiance, mais surtout avec étonnement. Fatigué à la longue de surveiller son mouvement fastidieux, je tournai mes yeux vers les autres objets de la cellule.

Un léger bruit attira mon attention, et, regardant le sol, je vis quelques rats énormes qui le traversaient. Ils étaient sortis par le puits, que je pouvais apercevoir à ma droite. Au même instant, comme je les regardais, ils montèrent par troupes, en toute hâte, avec des yeux voraces, affriandés par le fumet de la viande. Il me fallait beaucoup d'efforts et d'attention pour les en écarter.

Il pouvait bien s'être écoulé une demi-heure, peut-être même une heure, — car je ne pouvais mesurer le temps que très imparfaitement, — quand je levai de nouveau les yeux au-dessus de moi. Ce que je vis alors me confondit et me stupéfia. Le parcours du pendule s'était accru presque d'un yard ; sa vélocité, conséquence naturelle, était aussi beaucoup plus grande. Mais ce qui me troubla principalement fut l'idée qu'il était visiblement *descendu.* J'observai alors, — avec quel effroi, il est inutile de le dire, — que son extrémité inférieure était formée d'un croissant d'acier étincelant, ayant environ un pied de long d'une corne à l'autre ; les cornes dirigées en haut, et le tranchant inférieur évidemment affilé comme celui d'un rasoir. Comme un rasoir aussi, il paraissait lourd et massif, s'épanouissant, à partir du fil, en une forme large et solide. Il était ajusté à une lourde verge de cuivre, et le tout *sifflait* en se balançant à travers l'espace.

Je ne pouvais pas douter plus longtemps du sort qui m'avait été préparé par l'atroce ingéniosité monacale. Ma découverte du puits avait été devinée par les agents de l'Inquisition, — *le puits*, dont les horreurs avaient été réservées à un hérétique aussi téméraire que moi, — *le puits*, figure de l'enfer, et considéré par l'opinion comme l'*Ultima Thule* de tous leurs châtiments ! J'avais évité le plongeon par le plus fortuit des accidents, et je savais que l'art de faire du supplice un piège et une surprise formait une branche importante de tout ce fantastique système d'exécutions secrètes. Or, ayant manqué ma chute dans l'abîme, il n'entrait pas dans le plan démoniaque de m'y précipiter ; j'étais donc voué, — et cette fois sans alternative possible, — à une destruction différente et plus douce. — Plus douce ! J'ai presque souri dans mon agonie en pensant à la singulière application que je faisais d'un pareil mot.

Que sert-il de raconter les longues, longues heures d'horreur plus que mortelles durant lesquelles je comptai les oscillations vibrantes de l'acier ? Pouce par pouce, — ligne par ligne, — il opérait une descente graduée et seulement appréciable à des intervalles qui me paraissaient des siècles, — et toujours il descendait, — toujours plus bas, — toujours plus bas ! Il s'écoula des jours, — il se peut que plusieurs jours se soient écoulés, — avant qu'il vînt se balancer assez près de moi pour m'éventer avec son souffle âcre. L'odeur de l'acier aiguisé s'introduisait dans mes narines. Je priai le ciel — je le fatiguai de ma prière, — de faire descendre l'acier plus rapidement. Je devins fou, frénétique, et je m'efforçai de me soulever, d'aller à la rencontre de ce terrible cimeterre mouvant. Et puis, soudainement, je tombai dans un grand calme, — et je restai étendu, souriant à cette mort étincelante, comme un enfant à quelque précieux joujou.

Il se fit un nouvel intervalle de parfaite insensibilité ; intervalle très court, car, en revenant à la vie, je ne trouvai pas que le pendule fût descendu d'une quantité appréciable. Cependant il se pourrait bien que ce temps eût été long, — car je savais qu'il y avait des démons qui avaient pris note de mon évanouissement, et qui pouvaient arrêter la vibration à leur gré. En revenant à moi, j'éprouvai un malaise et une faiblesse — oh ! inexprimables, — comme par suite d'une longue inanition. Même au milieu des angoisses présentes, la nature humaine implorait sa nourriture. Avec un effort pénible, j'étendis mon bras gauche aussi loin que mes liens me le permettaient, et je m'emparai d'un petit reste que les rats avaient bien voulu me laisser. Comme j'en portais une partie à mes lèvres, une pensée informe de joie, — d'espérance, — traversa mon esprit. Cependant, qu'y avait-il de commun entre *moi* et l'espérance ? C'était, dis-je, une pensée informe ; — l'homme en a souvent de semblables, qui ne sont jamais complétées. Je sentis que c'était une pensée de joie, — d'espérance ; mais je sentis aussi qu'elle était morte en naissant. Vainement je m'efforçai de la parfaire, — de la rattraper. Ma longue souffrance avait presque annihilé les facultés ordinaires de mon esprit. J'étais un imbécile, — un idiot.

La vibration du pendule avait lieu dans un plan faisant angle droit avec ma longueur. Je vis que le croissant avait été disposé pour traverser la région du cœur. Il éraillerait la serge de ma robe, — puis il reviendrait et répéterait son opération, — encore, — et encore. Malgré l'effroyable dimension de la courbe parcourue (quelque chose comme trente pieds, peut-être plus), et la sifflante énergie de sa descente, qui aurait suffi pour couper même ces murailles de fer, en somme, tout ce qu'il pouvait faire, pour quelques minutes, c'était d'érailler ma robe. Et sur cette pensée je fis une pause. Je n'osais pas aller plus loin que cette réflexion. Je m'appesantis là-dessus avec une attention opiniâtre, comme si, par cette insistance, je pouvais arrêter *là* la descente de l'acier. Je m'appliquai à méditer sur le son que produirait le croissant en passant à travers mon vêtement, — sur la sensation particulière et pénétrante que le frottement de la toile produit sur les nerfs. Je méditai sur toutes ces futilités, jusqu'à ce que mes dents fussent agacées.

Plus bas, — plus bas encore, — il glissait toujours plus bas. Je prenais un plaisir frénétique à comparer sa vitesse de haut en bas avec sa vitesse latérale. À droite, — à gauche, — et puis il fuyait loin, loin, et puis il revenait, — avec le glapissement d'un esprit damné ! — jusqu'à mon cœur, avec l'allure furtive du tigre ! Je riais et je hurlais alternativement, selon que l'une ou l'autre idée prenait le dessus.

Plus bas, — invariablement, impitoyablement plus bas ! Il vibrait à trois pouces de ma poitrine. Je m'efforçai violemment, — furieusement, — de délivrer mon bras gauche. Il était libre seulement depuis le coude jusqu'à la main. Je pouvais faire jouer ma main depuis le plat situé à côté de moi jusqu'à ma bouche, avec un grand effort, — et rien de plus. Si j'avais pu briser les ligatures au-dessus du coude, j'aurais saisi le pendule, et j'aurais essayé de l'arrêter. J'aurais aussi bien essayé d'arrêter une avalanche !

Toujours plus bas ! — incessamment, — inévitablement plus bas ! Je respirais douloureusement, et je m'agitais à chaque vibration. Je me rapetissais convulsivement à chaque balancement. Mes yeux le suivaient dans sa volée ascendante et descendante avec l'ardeur du désespoir le plus insensé ; ils se refermaient spasmodiquement au moment de la descente, quoique la mort eût été un soulagement, — oh ! quel indicible soulagement ! Et cependant je tremblais dans tous mes nerfs, quand je pensais qu'il suffisait que la machine descendît d'un cran pour précipiter sur ma poitrine cette hache aiguisée, étincelante. C'était l'*espérance* qui faisait ainsi trembler mes nerfs, et tout mon être se replier. C'était l'*espérance*, — l'espérance qui triomphe même sur le chevalet, — qui chuchote à l'oreille des condamnés à mort, même dans les cachots de l'Inquisition.

Je vis que dix où douze vibrations environ mettraient l'acier en contact immédiat avec mon vêtement, — et avec cette observation entra dans mon esprit le calme aigu et condensé du désespoir. Pour la première fois depuis bien des heures, — depuis bien des jours peut-être, je *pensai*. Il me vint à l'esprit que le bandage, ou sangle, qui m'enveloppait était d'un seul morceau. J'étais attaché par un lien continu. La première morsure du rasoir, du croissant, dans une partie quelconque de la sangle, devait la détacher suffisamment pour permettre à ma main gauche de la dérouler tout autour de moi. Mais combien devenait terrible dans ce cas la proximité de l'acier ! Et le résultat de la plus légère secousse, mortel ! Était-il vraisemblable, d'ailleurs, que les mignons du bourreau n'eussent pas prévu et paré cette possibilité ? Était-il probable que le bandage traversât ma poitrine dans le parcours du pendule ? Tremblant de me voir frustré de ma faible espérance, vraisemblablement ma dernière, je haussai suffisamment ma tête pour voir distinctement ma poitrine. La sangle enveloppait étroitement mes membres et mon corps dans tous les sens, — *excepté dans le chemin du croissant homicide.*

À peine avais-je laissé retomber ma tête dans sa position première, que je sentis briller dans mon esprit quelque chose que je ne saurais mieux définir que la moitié non formée de cette idée de délivrance dont j'ai déjà parlé, et dont une moitié seule avait flotté vaguement dans ma cervelle, lorsque je portai la nourriture à mes lèvres brûlantes. L'idée tout entière était maintenant présente, — faible, à peine viable, à peine définie, — mais enfin complète. Je me mis immédiatement, avec l'énergie du désespoir, à en tenter l'exécution.

Depuis plusieurs heures, le voisinage immédiat du châssis sur lequel j'étais couché fourmillait littéralement de rats. Ils étaient tumultueux, hardis, voraces, — leurs yeux rouges, dardés sur moi, comme s'ils n'attendaient que mon immobilité pour faire de moi leur proie. — À quelle nourriture, — pensai-je, — ont-ils été accoutumés dans ce puits ?

Excepté un petit reste, ils avaient dévoré, en dépit de tous mes efforts pour les en empêcher, le contenu du plat. Ma main avait contracté une habitude de va-et-vient, de balancement vers le plat ; et, à la longue, l'uniformité machinale du mouvement lui avait enlevé toute son efficacité. Dans sa voracité cette vermine fixait souvent ses dents aiguës dans mes doigts. Avec les miettes de la viande huileuse et épicée qui restait encore, je frottai fortement le bandage partout où je pus l'atteindre ; puis, retirant ma main du sol, je restai immobile et sans respirer.

D'abord les voraces animaux furent saisis et effrayés du changement, — de la cessation du mouvement. Ils prirent l'alarme et tournèrent le dos ; plusieurs regagnèrent le puits ; mais cela ne dura qu'un moment. Je n'avais pas compté en vain sur leur gloutonnerie. Observant que je restais sans mouvement, un ou deux des plus hardis grimpèrent sur le châssis et flairèrent la sangle. Cela me parut le signal d'une invasion générale. Des troupes fraîches se précipitèrent hors du puits. Ils s'accrochèrent au bois, — ils l'escaladèrent et sautèrent par centaines sur mon corps. Le mouvement régulier du pendule ne les troublait pas le moins du monde. Ils évitaient son passage et travaillaient activement sur le bandage huilé. Ils se pressaient, — ils fourmillaient et s'amoncelaient incessamment sur moi ; ils se tortillaient sur ma gorge ; leurs lèvres froides cherchaient les miennes ; j'étais à moitié suffoqué par leur poids multiplié ; un dégoût, qui n'a pas de nom dans le monde, soulevait ma poitrine et glaçait mon cœur comme un pesant vomissement. Encore une minute, et je sentais que l'horrible opération serait finie. Je sentais positivement le relâchement du bandage ; je savais qu'il devait être déjà coupé en plus d'un endroit. Avec une résolution surhumaine je restai *immobile.* Je ne m'étais pas trompé dans mes calculs, — je n'avais pas souffert en vain. À la longue je sentis que j'étais *libre.* La sangle pendait en lambeaux autour de mon corps ; mais le mouvement du pendule attaquait déjà ma poitrine ; il avait fendu la serge de ma robe ; il avait coupé la chemise de dessous ; il fit encore deux oscillations, — et une sensation de douleur aiguë traversa tous mes nerfs. Mais l'instant du salut était arrivé. À un geste de ma main, mes libérateurs s'enfuirent tumultueusement. Avec un mouvement tranquille et résolu, — prudent et oblique, — lentement et en m'aplatissant, — je me glissai hors de l'étreinte du bandage et des atteintes du cimeterre. Pour le moment du moins *j'étais libre.*

Libre ! — et dans la griffe de l'Inquisition ! J'étais à peine sorti de mon grabat d'horreur, j'avais à peine fait quelques pas sur le pavé de la prison, que le mouvement de l'infernale machine cessa, et que je la vis attirée par une force invisible à travers le plafond. Ce fut une leçon qui me mit le désespoir dans le cœur. Tous mes mouvements étaient indubitablement épiés. Libre ! — je n'avais échappé à la mort sous une

espèce d'agonie que pour être livré à quelque
chose de pire que la mort sous quelque autre
espèce. À cette pensée je roulai mes yeux
convulsivement sur les parois de fer qui m'en-
veloppaient. Quelque chose de singulier, — un
changement que d'abord je ne pus apprécier
distinctement, — se produisit dans la chambre,
— c'était évident. Durant quelques minutes
d'une distraction pleine de rêves et de frissons, je me perdis dans de vaines et incohéren-
tes conjectures. Pendant ce temps, je m'aperçus
pour la première fois de l'origine de la lumière
sulfureuse qui éclairait la cellule. Elle provenait
d'une fissure large à peu près d'un demi-pouce,
qui s'étendait tout autour de la prison à la base
des murs, qui paraissaient ainsi et étaient en
effet complètement séparés du sol. Je tâchai,
mais bien en vain, comme on le pense, de regarder par cette ouverture.

Comme je me relevais découragé, le mystère
de l'altération de la chambre se dévoila tout
d'un coup à mon intelligence. J'avais observé
que, bien que les contours des figures murales
fussent suffisamment distincts, les couleurs
semblaient altérées et indécises. Ces couleurs
venaient de prendre et prenaient à chaque instant un éclat saisissant et très intense, qui donnait à ces images fantastiques et diaboliques un
aspect dont auraient frémi des nerfs plus soli-
des que les miens. Des yeux de démons, d'une

vivacité féroce et sinistre, étaient dardés sur
moi de mille endroits, où primitivement je n'en
soupçonnais aucun, et brillaient de l'éclat lugubre d'un feu que je voulais absolument, mais
en vain, regarder comme imaginaire.

Imaginaire ! — Il me suffisait de respirer pour
attirer dans mes narines la vapeur du fer
chauffé ! Une odeur suffocante se répandait
dans la prison ! Une ardeur plus profonde se
fixait à chaque instant dans les yeux dardés sur
mon agonie ! Une teinte plus riche de rouge
s'étalait sur ces horribles peintures de sang !
J'étais haletant ! Je respirais avec effort ! Il n'y
avait pas à douter du dessein de mes bourreaux, — oh ! les plus impitoyables, oh ! les
plus démoniaques des hommes ! Je reculai loin
du métal ardent vers le centre du cachot. En
face de cette destruction par le feu, l'idée de la
fraîcheur du puits surprit mon âme comme un
baume. Je me précipitai vers ses bords mortels.
Je tendis mes regards vers le fond. L'éclat de la
voûte enflammée illuminait ses plus secrètes ca-
vités. Toutefois, pendant un instant d'égare-
ment, mon esprit se refusa à comprendre la
signification de ce que je voyais. À la fin, cela
entra dans mon âme, — de force, victorieuse-
ment ; cela s'imprima en feu sur ma raison frissonnante. Oh ! une voix, une voix pour parler !
— Oh ! horreur ! — Oh ! toutes les horreurs,
excepté celle-là ! — Avec un cri je me rejetai

loin de la margelle, et, cachant mon visage dans mes mains, je pleurai amèrement.

La chaleur augmentait rapidement, et une fois encore je levai les yeux, frissonnant comme dans un accès de fièvre. Un second changement avait eu lieu dans la cellule, — et maintenant ce changement était évidemment dans la *forme.* Comme la première fois, ce fut d'abord en vain que je cherchai à apprécier ou à comprendre ce qui se passait. Mais on ne me laissa pas longtemps dans le doute. La vengeance de l'Inquisition marchait grand train, déroutée deux fois par mon bonheur, et il n'y avait pas à jouer plus longtemps avec le Roi des Épouvantements. La chambre avait été carrée. Je m'apercevais que deux de ses angles de fer étaient maintenant aigus, — deux conséquemment obtus. Le terrible contraste augmentait rapidement, avec un grondement, un gémissement sourd. En un instant la chambre avait changé sa forme en celle d'un losange. Mais la transformation ne s'arrêta pas là. Je ne désirais pas, je n'espérais pas qu'elle s'arrêtât. J'aurais appliqué les murs rouges contre ma poitrine, comme un vêtement d'éternelle paix. — La mort, — me dis-je, — n'importe quelle mort, excepté celle du puits ! — Insensé ! comment n'avais-je pas compris qu'*il fallait le puits,* que *ce puits seul* était la raison du fer brûlant qui m'assiégeait ? Pouvais-je résister à son ardeur ? Et, même en le supposant, pouvais-je me roidir contre sa pression ? Et maintenant le losange s'aplatissait, s'aplatissait avec une rapidité qui ne me laissait pas le temps de la réflexion. Son centre, placé sur la ligne de sa plus grande largeur, coïncidait juste avec le gouffre béant. J'essayai de reculer — mais les murs, en se resserrant, me pressaient irrésistiblement. Enfin, il vint un moment où mon corps brûlé et contorsionné trouvait à peine sa place, où il y avait à peine prise pour mon pied sur le sol de la prison. Je ne luttais plus, mais l'agonie de mon âme s'exhala dans un grand et long cri suprême de désespoir. Je sentis que je chancelais sur le bord, — je détournai les yeux…

Mais voilà comme un bruit discordant de voix humaines ! Une explosion, un ouragan de trompettes ! Un puissant rugissement comme celui d'un millier de tonnerres ! Les murs de feu reculèrent précipitamment ! Un bras étendu saisit le mien comme je tombais, défaillant dans l'abîme. C'était le bras du général Lassalle. L'armée française était entrée à Tolède. L'Inquisition était dans les mains de ses ennemis.

LE ROI PESTE

Histoire contenant une allégorie

de buveurs disséminés çà et là, suffisamment bien appropriée à sa destination.

De ces groupes, nos deux matelots formaient, je crois, le plus intéressant, sinon le plus remarquable.

Celui qui paraissait être l'aîné, et que son compagnon appelait du nom caractéristique de *Legs* (jambes), était aussi de beaucoup le plus grand des deux. Il pouvait bien avoir six pieds et demi, et une courbure habituelle des épaules semblait la conséquence nécessaire d'une aussi prodigieuse stature. — Son superflu en hauteur était néanmoins plus que compensé par des déficits à d'autres égards. Il était excessivement maigre, et il aurait pu, comme l'affirmaient ses camarades, remplacer, quand il était ivre, une flamme de tête de mât, et à jeun le bout-dehors du foc. Mais évidemment ces plaisanteries et d'autres analogues n'avaient jamais produit aucun effet sur les muscles cachinnatoires du loup de mer. Avec ses pommettes saillantes, son grand nez de faucon, son menton fuyant, sa mâchoire inférieure déprimée et ses énormes yeux blancs protubérants, l'expression de sa physionomie, quoique empreinte d'une espèce d'indifférence bourrue pour toutes choses, n'en était pas moins solennelle et sérieuse au-delà de toute imitation et de toute description.

Le plus jeune matelot était, dans toute son apparence extérieure, l'inverse et la *réciproque* de son camarade. Une paire de jambes arquées et trapues supportait sa personne lourde et ramassée, et ses bras singulièrement courts et épais, terminés par des poings plus qu'ordinaires, pendillaient et se balançaient à ses côtés comme les ailerons d'une tortue de mer. De petits yeux, d'une couleur non précise, scintillaient, profondément enfoncés dans sa tête. Son nez restait enfoui dans la masse de chair qui enveloppait sa face ronde, pleine et pourprée, et sa grosse lèvre supérieure se reposait complaisamment sur l'inférieure, encore plus grosse, avec un air de satisfaction personnelle, augmenté par l'habitude qu'avait le propriétaire desdites lèvres de les lécher de temps à autre. Il regardait évidemment son grand camarade de bord avec un sentiment moitié d'ébahissement, moitié de raillerie ; et parfois, quand il le contemplait en face, il avait l'air du soleil empourpré, contemplant avant de se coucher, le haut des rochers de Ben-Nevis.

Cependant les pérégrinations du digne couple dans les différentes tavernes du voisinage pendant les premières heures de la nuit avaient été variées et pleines d'événements. Mais les fonds, même les plus vastes, ne sont pas éternels, et c'était avec des poches vides que nos amis s'étaient aventurés dans le cabaret en question.

Au moment précis où commence proprement cette histoire, Legs et son compagnon Hugh

Tarpaulin étaient assis, chacun avec les deux coudes appuyés sur la vaste table de chêne, au milieu de la salle, et les joues entre les mains. À l'abri d'un vaste flacon de *humming-stuff* non payé, ils lorgnaient les mots sinistres : — *Pas de craie*[*], — qui, non sans étonnement et sans indignation de leur part, étaient écrits sur la porte en caractères de craie, — cette impudente craie qui osait se déclarer absente ! Non que la faculté de déchiffrer les caractères écrits, — faculté considérée parmi le peuple de ce temps comme un peu moins cabalistique que l'art de les tracer, — eût pu, en stricte justice, être imputée aux deux disciples de la mer ; mais il y avait, pour dire la vérité, un certain tortillement dans la tournure des lettres, — et dans l'ensemble je ne sais quelle indescriptible embardée, — qui présageaient, dans l'opinion des deux marins, une sacrée secousse et un sale temps, et qui les décidèrent tout d'un coup, suivant le langage métaphorique de Legs, à veiller aux pompes, à serrer toute la toile et à fuir devant le vent.

En conséquence, ayant consommé ce qui restait d'ale, et solidement agrafé leurs courts pourpoints, finalement ils prirent leur élan vers la rue. Tarpaulin, il est vrai, entra deux fois dans la cheminée, la prenant pour la porte, mais enfin leur fuite s'effectua heureusement, et,

---

[*] Pas de crédit. — C. B.

une demi-heure après minuit, nos deux héros avaient paré au grain et filaient rondement à travers une ruelle sombre dans la direction de l'escalier Saint-André, chaudement poursuivis par la tavernière du *Joyeux Loup de mer*.

Bien des années avant et après l'époque où se passe cette dramatique histoire, toute l'Angleterre, mais plus particulièrement la métropole, retentissait périodiquement du cri sinistre : — La Peste ! La Cité était en grande partie dépeuplée, — et, dans ces horribles quartiers avoisinant la Tamise, parmi ces ruelles et ces passages noirs, étroits et immondes, que le Démon de la Peste avait choisi, supposait-on alors, pour le lieu de sa nativité, on ne pouvait rencontrer, se pavanant à l'aise, que l'Effroi, la Terreur et la Superstition.

Par ordre du roi, ces quartiers étaient condamnés, et il était défendu à toute personne, sous peine de mort, de pénétrer dans leurs affreuses solitudes. Cependant, ni le décret du monarque, ni les énormes barrières élevées à l'entrée des rues, ni la perspective de cette hideuse mort, qui, presque à coup sûr, engloutissait le misérable qu'aucun péril ne pouvait détourner de l'aventure, n'empêchaient les habitations démeublées et inhabitées d'être dépouillées, par la main d'une rapine nocturne, du fer, du cuivre, des plombages, enfin de tout article pouvant devenir l'objet d'un lucre quelconque.

Il fut particulièrement constaté, à chaque hiver, à l'ouverture annuelle des barrières, que les serrures, les verrous et les caves secrètes n'avaient protégé que médiocrement ces amples provisions de vins et liqueurs, que, vu les risques et les embarras du déplacement, plusieurs des nombreux marchands ayant boutique dans le voisinage s'étaient résignés, durant la période de l'exil, à confier à une aussi insuffisante garantie.

Mais, parmi le peuple frappé de terreur, bien peu de gens attribuaient ces faits à l'action des mains humaines. Les Esprits et les Gobelins de la peste, les Démons de la fièvre, tels étaient pour le populaire les vrais suppôts de malheur ; et il se débitait sans cesse là-dessus des contes à glacer le sang, si bien que toute la masse des bâtiments condamnés fut à la longue enveloppée de terreur comme d'un suaire, et que le voleur lui-même, souvent épouvanté par l'horreur superstitieuse qu'avaient créée ses propres déprédations, laissait le vaste circuit du quartier maudit aux ténèbres, au silence, à la peste et à la mort.

Ce fut par l'une des redoutables barrières dont il a été parlé, et qui indiquaient que la région située au-delà était condamnée, que Legs et le digne Hugh Tarpaulin, qui dégringolaient à travers une ruelle, trouvèrent leur course soudainement arrêtée. Il ne pouvait pas être question de revenir sur leurs pas, et il n'y avait pas de temps à perdre ; car ceux qui leur donnaient la chasse étaient presque sur leurs talons. Pour des matelots pur-sang, grimper sur la charpente grossièrement façonnée n'était qu'un jeu ; et, exaspérés par la double excitation de la course et des liqueurs, ils sautèrent résolument de l'autre côté, puis, reprenant leur course ivre avec des cris et des hurlements, s'égarèrent bientôt dans ces profondeurs compliquées et malsaines.

S'ils n'avaient pas été ivres au point d'avoir perdu le sens moral, leurs pas vacillants eussent été paralysés par les horreurs de leur situation. L'air était froid et brumeux. Parmi le gazon haut et vigoureux qui leur montait jusqu'aux chevilles, les pavés déchaussés gisaient dans un affreux désordre. Des maisons tombées bouchaient les rues. Les miasmes les plus fétides et les plus délétères régnaient partout ; — et grâce à cette pâle lumière qui, même à minuit, émane toujours d'une atmosphère vaporeuse et pestilentielle, on aurait pu discerner, gisant dans les allées et les ruelles, ou pourrissant dans les habitations sans fenêtres, la charogne de maint voleur nocturne arrêté par la main de la peste dans la perpétration de son exploit.

Mais il n'était pas au pouvoir d'images, de sensations et d'obstacles de cette nature d'arrêter la course de deux hommes, qui, naturellement braves, et, cette nuit-là surtout, pleins jusqu'aux bords de courage et de *humming-stuff*, auraient intrépidement roulé, aussi droit que l'aurait permis leur état, dans la gueule même de la Mort. En avant, — toujours en avant allait le sinistre Legs, faisant retentir les échos de ce désert solennel de cris semblables au terrible hurlement de guerre des Indiens ; et avec lui toujours, toujours roulait le trapu Tarpaulin, accroché au pourpoint de son camarade plus agile, et surpassant encore les plus valeureux efforts de ce dernier dans la musique vocale par des mugissements de *basse* tirés des profondeurs de ses poumons stentoriens.

Évidemment, ils avaient atteint la place forte de la peste. À chaque pas ou à chaque culbute, leur route devenait plus horrible et plus infecte, les chemins plus étroits et plus embrouillés. De grosses pierres et des poutres tombant de temps en temps des toits délabrés rendaient témoignage, par leurs chutes lourdes et funestes, de la prodigieuse hauteur des maisons environnantes ; et, quand il leur fallait faire un effort énergique pour se pratiquer un passage à travers les fréquents monceaux de gravats, il n'était pas rare que leur main tombât sur un squelette, ou s'empêtrât dans des chairs décomposées.

Tout à coup les marins trébuchèrent contre l'entrée d'un vaste bâtiment d'apparence sinistre ; un cri plus aigu que de coutume jaillit du gosier de l'exaspéré Legs, et il y fut répondu de l'intérieur par une explosion rapide, successive, de cris sauvages, démoniaques, presque des éclats de rire. Sans s'effrayer de ces sons, qui, par leur nature, dans un pareil lieu, dans un pareil moment, auraient figé le sang dans des poitrines moins irréparablement incendiées, nos deux ivrognes piquèrent tête baissée dans la porte, l'enfoncèrent, et s'abattirent au milieu des choses avec une volée d'imprécations.

La salle dans laquelle ils tombèrent se trouva être le magasin d'un entrepreneur des pompes funèbres ; mais une trappe ouverte, dans un coin du plancher près de la porte, donnait sur une enfilade de caves, dont les profondeurs, comme le proclama un son de bouteilles qui se brisent, étaient bien approvisionnées de leur contenu traditionnel. Dans le milieu de la salle une table était dressée, — au milieu de la table, un gigantesque bol plein de punch, à ce qu'il semblait. Des bouteilles de vins et de liqueurs, concurremment avec des pots, des cruches et des flacons de toute forme et de toute espèce, étaient éparpillées à profusion sur la table. Tout autour, sur des tréteaux funèbres siégeait une société de six personnes. Je vais essayer de vous les décrire une à une.

En face de la porte d'entrée, et un peu plus haut que ses compagnons, était assis un personnage qui semblait être le président de la fête. C'était un être décharné, d'une grande taille, et Legs fut stupéfié de se trouver en face d'un plus maigre que lui. Sa figure était aussi jaune que du safran ; — mais aucun trait, à l'exception d'un seul, n'était assez marqué pour mériter une description particulière. Ce trait unique consistait dans un front si anormalement et si hideusement haut qu'on eût dit un bonnet ou une couronne de chair ajoutée à sa tête naturelle. Sa bouche grimaçante était plissée par une expression d'affabilité spectrale, et ses yeux, comme les yeux de toutes les personnes attablées, brillaient du singulier vernis que font les fumées de l'ivresse. Ce gentleman était vêtu des pieds à la tête d'un manteau de velours de soie noir, richement brodé ; qui flottait négligemment autour de sa taille à la manière d'une cape espagnole. Sa tête était abondamment hérissée de plumes de corbillard, qu'il balançait de-ci de-là avec un air d'afféterie consommée ; et dans sa main droite il tenait un grand fémur humain, avec lequel il venait de frapper, à ce qu'il semblait, un des membres de la compagnie pour lui commander une chanson.

En face de lui, et le dos tourné à la porte, était une dame dont la physionomie extraordinaire ne lui cédait en rien. Quoique aussi grande que le personnage que nous venons de décrire, celle-ci n'avait aucun droit de se plaindre d'une maigreur anormale. Elle en était évidemment au dernier période de l'hydropisie, et sa tournure ressemblait beaucoup à celle de l'énorme pièce de *bière d'Octobre* qui se dressait, défoncée par le haut, juste à côté d'elle, dans un coin de la chambre. Sa figure était singulièrement ronde, rouge et pleine ; et la même particularité, ou plutôt l'absence de particularité que j'ai déjà mentionnée dans le cas du président, marquait sa physionomie, — c'est-à-dire qu'un seul trait de sa face méritait une caractérisation spéciale ; le fait est que le clairvoyant Tarpaulin vit tout de suite que la même remarque pouvait s'appliquer à toutes les personnes de la société ; chacune semblait avoir accaparé pour elle seule un morceau de physionomie. Dans la dame en question, ce morceau, c'était la bouche : — une bouche qui commençait à l'oreille droite, et courait jusqu'à la gauche en dessinant un abîme terrifique, — ses très courts pendants d'oreilles trempant à chaque instant dans le gouffre. La dame néanmoins faisait tous ses efforts pour garder cette bouche fermée et se donner un air de dignité ; sa toilette consistait en un suaire fraîchement empesé et repassé, qui lui montait jusque sous le menton, avec une collerette plissée en mousseline de batiste.

À sa droite était assise une jeune dame minuscule qu'elle semblait patronner. Cette délicate petite créature laissait voir dans le tremblement de ses doigts émaciés, dans le ton livide de ses lèvres et dans la légère tache hectique plaquée sur son teint d'ailleurs plombé, des symptômes évidents d'une phtisie effrénée. Un air de haute distinction, néanmoins, était répandu sur toute sa personne ; elle portait d'une manière gracieuse et tout à fait dégagée un vaste et beau linceul en très fin linon des Indes ; ses cheveux tombaient en boucles sur son cou ; un doux sourire se jouait sur sa bouche ; mais son nez, extrêmement long, mince, sinueux, flexible et pustuleux, pendait beaucoup plus bas que sa lèvre inférieure ; et cette trompe ; malgré la façon délicate dont elle la déplaçait de temps à autre et la mouvait à droite et à gauche avec sa langue, donnait à sa physionomie une expression tant soit peu équivoque.

De l'autre côté, à la gauche de la dame hydropique, était assis un vieux petit homme, enflé, asthmatique et goutteux. Ses joues reposaient sur ses épaules comme deux énormes outres de vin d'Oporto. Avec ses bras croisés et l'une de ses jambes entourée de bandages et reposant sur la table, il semblait se regarder comme ayant droit à quelque considération. Il tirait évidemment beaucoup d'orgueil de chaque pouce de son enveloppe personnelle, mais prenait un plaisir plus spécial à attirer les yeux par son surtout de couleur voyante. Il est vrai que ce surtout n'avait pas dû lui coûter peu d'argent, et qu'il était de nature à lui aller parfaitement bien ; — il était fait d'une de ces housses de soie curieusement brodées, appartenant à ces glorieux écussons qu'on suspend, en Angleterre et ailleurs, dans un endroit bien visible, au-dessus des maisons des grandes familles absentes.

À côté de lui, à la droite du président, était un gentleman avec de grands bas blancs et un caleçon de coton. Tout son être était secoué d'une manière risible par un tic nerveux que Tarpaulin appelait *les affres* de l'ivresse. Ses mâchoires, fraîchement rasées, étaient étroitement serrées dans un bandage de mousseline, et ses bras, liés de la même manière par les poignets, ne lui permettaient pas de se servir lui-même trop librement des liqueurs de la table ; précaution rendue nécessaire, dans l'opinion de Legs, par le caractère singulièrement abruti de sa face de biberon. Toutefois, une paire d'oreilles prodigieuses, qu'il était sans doute impossible d'enfermer, surgissaient dans l'espace, et étaient de temps en temps comme piquées d'un spasme au son de chaque bouchon qu'on faisait sauter.

Sixième et dernier, et lui faisant face, était placé un personnage qui avait l'air singulièrement raide, et qui, étant affligé de paralysie, devait se sentir, pour parler sérieusement, fort peu à l'aise dans ses très incommodes vêtements. Il était habillé (habillement peut-être unique dans son genre), d'une belle bière d'acajou

toute neuve. Le haut du couvercle portait sur le
crâne de l'homme comme un armet, et l'enveloppait comme un capuchon, donnant à toute
la face une physionomie d'un intérêt indescriptible. Des emmanchures avaient été pratiquées
des deux côtés, autant pour la commodité que
pour l'élégance ; mais cette toilette toutefois
empêchait le malheureux qui en était paré de
se tenir droit sur son siège, comme ses camarades ; et, comme il était déposé contre son tréteau, et incliné suivant un angle de quarante-
cinq degrés, ses deux gros yeux à fleur de tête
roulaient et dardaient vers le plafond leurs terribles globes blanchâtres, comme dans un ab-
solu étonnement de leur propre énormité.

Devant chaque convive était placée une moitié
de crâne, dont il se servait en guise de coupe.
Au-dessus de leurs têtes pendait un squelette
humain, au moyen d'une corde nouée autour
d'une des jambes et fixée à un anneau du plafond. L'autre jambe, qui n'était pas retenue par
un lien semblable, jaillissait du corps à angle
droit, faisant danser et pirouetter toute la car-
casse éparse et frémissante, chaque fois qu'une
bouffée de vent se frayait un passage dans la
salle. Le crâne de l'affreuse chose contenait
une certaine quantité de charbon enflammé
qui jetait sur toute la scène une lueur vacillante
mais vive ; et les bières et tout le matériel d'un
entrepreneur de sépultures, empilés à une

grande hauteur autour de la chambre et contre les fenêtres, empêchaient tout rayon de lumière de se glisser dans la rue.

À la vue de cette extraordinaire assemblée et de son attirail encore plus extraordinaire, nos deux marins ne se conduisirent pas avec tout le décorum qu'on aurait eu le droit d'attendre d'eux. Legs, s'appuyant contre le mur auprès duquel il se trouvait, laissa tomber sa mâchoire inférieure encore plus bas que de coutume, et déploya ses vastes yeux dans toute leur étendue ; pendant que Hugh Tarpaulin, se baissant au point de mettre son nez de niveau avec la table, et posant ses mains sur ses genoux, éclata en un rire immodéré et intempestif, c'est-à-dire en un long, bruyant, étourdissant rugissement.

Cependant, sans prendre ombrage d'une conduite si prodigieusement grossière, le grand président sourit très gracieusement à nos intrus, — leur fit, avec sa tête de plumes noires, un signe plein de dignité, — et, se levant, prit chacun par un bras, et le conduisit vers un siège que les autres personnes de la compagnie venaient d'installer à son intention. Legs ne fit pas à tout cela la plus légère résistance, et s'assit où on le conduisit ; pendant que le galant Hugh, enlevant son tréteau du haut bout de la table, porta son installation dans le voisinage de la petite dame phtisique au linceul, s'abattit à côté d'elle en grande joie, et, se versant un crâne de vin rouge, l'avala en l'honneur d'une plus intime connaissance. Mais, à cette présomption, le raide gentleman à la bière parut singulièrement exaspéré ; et cela aurait pu donner lieu à de sérieuses conséquences, si le président n'avait pas, en frappant sur la table avec son sceptre, ramené l'attention de tous les assistants au discours suivant :

— L'heureuse occasion qui se présente nous fait un devoir…

— Tiens bon là ! — interrompit Legs, avec un air de grand sérieux, — tiens bon, un bout de temps, que je dis, et dis-nous qui diable vous êtes tous, et quelle besogne vous faites ici, équipés comme de sales démons, et avalant le bon petit *tord-boyaux* de notre honnête camarade, Will Wimble le croque-mort, et toutes ses provisions arrimées pour l'hiver !

À cet impardonnable échantillon de mauvaise éducation, toute l'étrange société se dressa à moitié sur ses pieds, et proféra rapidement une foule de cris diaboliques, semblables à ceux qui avaient d'abord attiré l'attention des matelots. Le président, néanmoins, fut le premier à recouvrer son sang-froid, et, à la longue, se tournant vers Legs avec une grande dignité, il reprit :

— C'est avec un parfait bon vouloir que nous satisferons toute curiosité raisonnable de la part d'hôtes aussi illustres, bien qu'ils n'aient pas été invités. Sachez donc que je suis le mo-

narque de cet empire, et que je règne ici sans
partage, sous ce titre : le Roi Peste Ier.

« Cette salle, que vous supposez très injurieu-
sement être la boutique de Will Wimble, l'entrepreneur de pompes funèbres, — un homme
que nous ne connaissons pas, et dont l'appella-
tion plébéienne n'avait jamais, avant cette nuit,
écorché nos oreilles royales, — cette salle, dis-
je, est la Salle du Trône de notre Palais, consa-
crée aux conseils de notre royaume et à d'autres
destinations d'un ordre sacré et supérieur.

« La noble dame assise en face de nous est
la Reine Peste, notre Sérénissime Épouse. Les
autres personnages illustres que vous contem-
plez sont tous de notre famille, et portent la
marque de l'origine royale dans leurs noms res-
pectifs : Sa Grâce l'Archiduc Pest-Ifère, — Sa
Grâce le Duc Pest-Ilentiel, — Sa Grâce le Duc
Tem-Pestueux, — et Son Altesse Sérénissime
l'Archiduchesse Ana-Peste.

« En ce qui regarde, — ajouta-t-il, — votre
question, relativement aux affaires que nous
traitons ici en conseil, il nous serait loisible de
répondre qu'elles concernent notre intérêt
royal et privé, et, ne concernant que lui, n'ont
absolument d'importance que pour nous-même.
Mais, en considération de ces égards que vous
pourriez revendiquer en votre qualité d'hôtes
et d'étrangers, nous daignerons encore vous expliquer que nous sommes ici cette nuit, — pré-

parés par de profondes recherches et de
soigneuses investigations, — pour examiner,
analyser et déterminer péremptoirement l'esprit indéfinissable, les incompréhensibles quali-
tés et la nature de ces inestimables trésors de la
bouche, vins, ales et liqueurs de cette excellente
métropole ; pour, en agissant ainsi, non seulement atteindre notre but, mais aussi augmenter
la véritable prospérité de ce souverain qui n'est
pas de ce monde, qui règne sur nous tous, dont
les domaines sont sans limites, et dont le nom
est : La Mort !

— Dont le nom est Davy Jones ! — s'écria
Tarpaulin, servant à la dame à côté de lui un
plein crâne de liqueur, et s'en versant un second
à lui-même.

— Profane coquin ! — dit le président, tournant alors son attention vers le digne Hugh, —
profane et exécrable drôle ! — Nous avons dit
qu'en considération de ces droits que nous ne
nous sentons nullement enclin à violer, même
dans ta sale personne, nous condescendions à
répondre à tes grossières et intempestives questions. Néanmoins nous croyons que, vu votre
profane intrusion dans nos conseils, il est de
notre devoir de vous condamner, toi et ton
compagnon, chacun à un gallon de *black-strap*,
— que vous boirez à la prospérité de notre
royaume, — d'un seul trait, — et à genoux ; —
aussitôt après, vous serez libres l'un et l'autre

de continuer votre route, ou de rester et de partager les privilèges de notre table, selon votre goût personnel et respectif.

— Ce serait une chose d'une absolue impossibilité, — répliqua Legs, à qui les grands airs et la dignité du Roi Peste Ier avaient évidemment inspiré quelques sentiments de respect, et qui s'était levé et appuyé contre la table pendant que celui-ci parlait ; — ce serait, s'il plaît à Votre Majesté, une chose d'une absolue impossibilité d'arrimer dans ma cale le quart seulement de cette liqueur dont vient de parler Votre Majesté. Pour ne rien dire de toutes les marchandises que nous avons chargées à notre bord dans la matinée en manière de lest, et sans mentionner les diverses ales et liqueurs que nous avons embarquées ce soir dans différents ports, j'ai, pour le moment, une forte cargaison de *humming-stuff*, prise et *dûment payée* à l'enseigne du *Joyeux Loup de mer*. Votre Majesté voudra donc bien être assez gracieuse pour prendre la bonne volonté pour le fait ; — car je ne puis ni ne veux en aucune façon avaler une goutte de plus, — encore moins une goutte de cette vilaine eau de cale qui répond au salut de *blackstrap*.

— Amarre ça ! — interrompit Tarpaulin, non moins étonné de la longueur du speech de son camarade que de la nature de son refus. — Amarre ça, matelot d'eau douce ! — Lâcherastu bientôt le crachoir, que je dis, Legs ! Ma coque est encore légère, bien que toi, je le confesse, tu me paraisses un peu trop chargé par le haut ; et quant à ta part de cargaison, eh bien ! plutôt que de faire lever un grain, je trouverai pour elle de la place à mon bord, mais...

— Cet arrangement, — interrompit le président, — est en complet désaccord avec les termes de la sentence, ou condamnation, qui de sa nature est médique, incommutable et sans appel. Les conditions que nous avons imposées seront remplies à la lettre, et cela sans une minute d'hésitation, — faute de quoi nous décrétons que vous serez attachés ensemble par le cou et les talons, et dûment noyés comme rebelles dans la pièce de *bière d'Octobre* que voilà !

— Voilà une sentence ! — Quelle sentence ! — Équitable, judicieuse sentence ! — Un glorieux décret ! — Une très digne, très irréprochable et très sainte condamnation ! — crièrent à la fois tous les membres de la famille Peste. Le roi fit jouer son front en innombrables rides ; le vieux petit homme goutteux souffla comme un soufflet ; la dame au linceul de linon fit onduler son nez à droite et à gauche ; le gentleman au caleçon convulsa ses oreilles ; la dame au suaire ouvrit la gueule comme un poisson à l'agonie ; et l'homme à la bière d'acajou parut encore plus raide et roula ses yeux vers le plafond.

— Hou ! hou ! — fit Tarpaulin, s'épanouissant de rire, sans prendre garde à l'agitation générale. — Hou ! hou ! hou ! — Hou ! hou ! hou ! — je disais, quand M. le Roi Peste est venu fourrer son épissoir, que, pour quant à la question de deux ou trois gallons de *black-strap* de plus ou de moins, c'était une bagatelle pour un bon et solide bateau comme moi, quand il n'était pas trop chargé, — mais quand il s'agit de boire à la santé du Diable (que Dieu puisse absoudre) et de me mettre à genoux devant la vilaine Majesté que voilà, que je sais, aussi bien que je me connais pour un pécheur, n'être pas autre que Tim Hurlygurly le paillasse ! — oh ! pour cela, c'est une tout autre affaire, et qui dépasse absolument mes moyens et mon intelligence.

Il ne lui fut pas accordé de finir tranquillement son discours. Au nom de Tim Hurlygurly, tous les convives bondirent sur leurs sièges.

— Trahison ! — hurla Sa Majesté le Roi Peste Ier.

— Trahison ! — dit le petit homme à la goutte.

— Trahison ! — glapit l'Archiduchesse Ana-Peste.

— Trahison ! — marmotta le gentleman aux mâchoires attachées.

— Trahison ! — grogna l'homme à la bière.

— Trahison ! trahison ! — cria Sa Majesté, la femme à la gueule ; et, saisissant par la partie postérieure de ses culottes l'infortuné Tarpaulin, qui commençait justement à remplir pour lui-même un crâne de liqueur, elle le souleva vivement en l'air et le fit tomber sans cérémonie dans le vaste tonneau défoncé plein de son ale favorite. Ballotté çà et là pendant quelques secondes, comme une pomme dans un bol de toddy, il disparut finalement dans le tourbillon d'écume que ses efforts avaient naturellement soulevé dans le liquide déjà fort mousseux par sa nature.

Toutefois le grand matelot ne vit pas avec résignation la déconfiture de son camarade. Précipitant le Roi Peste à travers la trappe ouverte, le vaillant Legs ferma violemment la porte sur lui avec un juron, et courut vers le centre de la salle. Là, arrachant le squelette suspendu au-dessus de la table, il le tira à lui avec tant d'énergie et de bon vouloir qu'il réussit, en même temps que les derniers rayons de lumière s'éteignaient dans la salle, à briser la cervelle du petit homme à la goutte. Se précipitant alors de toute sa force sur le fatal tonneau plein d'*ale d'Octobre* et de Hugh Tarpaulin, il le culbuta en un instant et le fit rouler sur lui-même. Il en jaillit un déluge de liqueur si furieux, — si impétueux, — si envahissant, — que la chambre fut inondée d'un mur à l'autre, — la table

renversée avec tout ce qu'elle portait, — les tréteaux jetés sens dessus dessous, — le baquet de
punch dans la cheminée, — et les dames dans
des attaques de nerfs. Des piles d'articles funèbres se débattaient çà et là. Les pots, les cruches,
les grosses bouteilles habillées de jonc se con-
fondaient dans une affreuse mêlée, et les flacons
d'osier se heurtaient désespérément contre les
gourdes cuirassées de corde. L'homme aux *affres* fut noyé sur place, — le petit gentleman pa-
ralytique naviguait au large dans sa bière, — et
le victorieux Legs, saisissant par la taille la
grosse dame au suaire, se précipita avec elle
dans la rue, et mit le cap tout droit dans la direction du *Free-and-Easy*, prenant bien le vent, et
remorquant le redoutable Tarpaulin, qui, ayant
éternué trois ou quatre fois, haletait et soufflait
derrière lui en compagnie de l'Archiduchesse
Ana-Peste.

Composition Nord Compo
Impression Novoprint
à Barcelone, le 3 avril 2007
Dépôt légal : avril 2007

ISBN 978-2-07-034529-8./Imprimé en Espagne.

149874